日本一心を揺るがす新聞の社説 4

「感謝」「美徳」「志」を届ける41の物語

みやざき中央新聞 “魂”の編集長
水谷 もりひと

はじめに　～精神の健康と成長に欠かせない五大栄養素

「社説シリーズ」も本書で第4弾となりました。

みやざき中央新聞に社説を書き続けて28年目になりますが、ちょうど20年目に差し掛かった2010年、過去の社説の中から心が温かくなるようなものを40編ほど選んで最初の社説本『日本一心を揺るがす新聞の社説』を出しました。

その本を江戸川区にある『読書のすすめ』という本屋の店長で、「本のソムリエ」として活躍していた清水克衛さんが、当時担当していたテレビのレギュラーコーナーで僕の本を紹介してもらったことがすべての始まりでした。

そもそも地方に住む無名の人間がエッセイ本を出したからといって、この生き馬の目を抜く出版業界で一人前に戦えるはずはありません。

ところが、そのテレビ番組のおかげで本は爆発的に売れ、第1弾に続く第2弾、第3弾もおかげさまで多くの人の手に取ってもらっています。

版元のごま書房新社から聞いたところ、シリーズ累計では12万部のベストセラーとなっているそうで驚きです。

社説本のテーマは「情報に〝情〟を乗せて発信したい」でした。

僕は情報の「情」と、報道の「道」という字が、昔から気になって仕方がありませんでした。

「情」とは「情け」です。それは「人情」であり、「情緒」であり、「思いやり」であり、「やさしさ」です。そしてマスコミが常に口にしている「報道」にはなぜか「道」という字があります。剣道や柔道、華道や茶道と同じ「道」です。

日本人が師匠からその精神と伝統の技を、守破離という形で受け継ぎ、後世に伝えていくと、そこに「道」が生まれます。

時々、その「道」は枝分かれすることもありますが、そこにもまた「道」ができます。「道」ができるのは、そこに流儀があるからです。

「報道」もそうでなきゃいけないと思います。今は、おもしろおかしい話題を垂れ流しているメディアが多いと思います。そのことで誰かが傷ついたり、追い詰められて命を絶ってしまうということが過去になかったでしょうか。

そうならないために、「伝える」ことを本分とする私たちは、まず「自分が正しい」を疑う。そして扱う案件がどんなものであっても相手の立場に立って慮るという流儀がなければなりません。論語が最も大事にしている「恕」の精神です。

ただ、こんな美辞麗句をいくら並べても今の情報化時代と報道の現場に通用するはずはないのですが、みやざき中央新聞はそんな思いで情報発信してきました。

さて、この第4弾は「精神の栄養」をテーマにしています。

肉体の健康と成長に五大栄養素が必要なのは言うまでもありません。

昔は三大栄養素でした。糖質、脂質、たんぱく質です。さらに栄養学が深まり、ビタミンが加わりました。

そして、それまで栄養素と言えるのか分からなかった無機質も必要な栄養素であることがわかり、五大栄養素となりました。

人間は肉体と精神でできています。当然精神の健康と成長にも栄養が必要です。まずは精神の三大栄養素、①愛情②肌のぬくもりやふれあい③いい言葉です。

さらにこれに④好奇心と⑤メンター（本や師匠）の存在が加わって五大栄養素です。

肉体も精神も、年齢に応じて成長の次元が異なります。基礎的なものからより高次なものへと上がっていきます。そして精神の場合、死ぬ直前まで成長し続けることはご承知の通り。

それでは、精神の健康と成長のための「いい話」、お楽しみください。

水谷もりひと

日本一心を揺るがす新聞の社説4　目次

第二章　苦難を越えて、明日のために

目　次

第三章　悠久の歴史ロマンとともに

序章

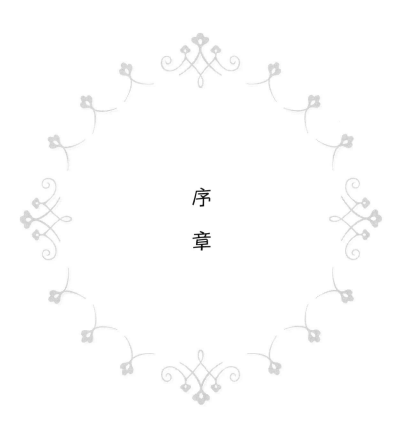

「愛する」という言葉以上の愛情表現

今年の春、高校を卒業して我が家を巣立った息子の部屋を整理していたら、国語のテストのプリントが出てきた。よくある「次の文章を読んで後の問いに答えよ」というもので、作家・竹西寛子の『愛するという言葉』から引用された文章だった。タイトルに惹かれて読んでみたが、中身はかなり難解なものだった。

竹西さんは、源氏物語を引き合いに出しながら、紫式部が「愛」とか「愛する」という言葉を使わずに、人間のさまざまな情愛の有りようを鮮明に表現しているところに深く共感していた。彼女自身、「愛する」という言葉に違和感を持っていたからだ。

竹西さんは言う。

「『愛』とか『愛する』という言葉は、詩や小説、戯曲、評論など、他人の文章の中によく見かける。しかし、私は『読む』とか『書く』という動詞を違和感なく用いるようには『愛する』という動詞はすんなりとは使えない。ごくまれにしか、よほどのときでない限り使いたくない言葉である」

１９２９年生まれの竹西さんは、文章の中で「愛」とか「愛する」という言葉を使おうとするとき、時間ぎりぎりまで粘って、何かそれに代わる適当な言葉がないか考える。そして適当な言葉が見いだせなくて、時間切れでやむを得ず使っているという。

自分が「愛」というものをよく分かっていないのに、それを使うと、「借り物の言葉になる」というのだ。

「愛」とか「愛する」というストレートな表現は、それ相応の覚悟がないと使えないのだろう。それが「言葉」で仕事をする作家・竹西寛子のプライドなのかもしれない。

数年前のことである。とある全国紙の読者欄に載っていた50代の女性の投稿を今でも覚えている。「数か月後に出産を控えた娘から電話があった」という書き出しだった。

娘さんは「お医者さんから、胎児に異常があると言われた」と言って、電話の向こうで泣いていた。そんな娘が不憫に思えて、母親である彼女は中絶を勧めた。しかし、娘さんはこう言ったのだ。

「診察のとき、画像に映る赤ちゃんの心臓の鼓動にいとおしさが込み上げてきたの。産んでもいいでしょ」

1週間後、娘さんが里帰りした。電話口で泣いていた娘とは打って変わって、気丈に振るまう姿に、母親は驚いた。

娘さんは笑顔で言った。

「お腹の子はね、親を選んで生まれてくるんだって。私たち夫婦は優しいから選ばれたんだよ」

母親の耳にそれは、娘が自分自身に言い聞かせているように聞こえた。

2、3日実家に滞在した。そして嫁ぎ先に帰る前日の夜、娘さんは、「お父さん、お母さん、初孫が障がいをもっていてごめんなさい」と言って、深々と頭を下げた。

この一言を伝えたくて里帰りしたのだと、母親は悟った。その言葉に娘の覚悟を知った。あの気丈に振るまう娘の姿は、「産んで育てる」という覚悟をした母の姿だったのだ。

我が子の大変さばかり考えて、今お腹の中で必死に生きている生命の尊さを見失っていた。母親は、安易に中絶を勧めた自分を恥じた。そして、こう綴ってあった。

「私も腹をくくった」

愛とは、まさに覚悟なのだ。その重みを考えると、気軽に、気安く、「愛してる」なんて表現できるものではないのかもしれない。

まだ「愛」とか「愛する」という概念がなかった昔から親はそんな言葉を使わなくても、「愛する」という言葉以上の愛情表現をその生きざまの中で見せていた。それが覚悟だった。

つらくても、怖くても、貧しくても、自分の命に代えてでも守り抜くという覚悟は、未来永劫、親から子に受け継がれていくのだろう。

第一章　心に深く いのちの種を

聞かせてください、あなたの人生を

『人生は、いま、夕焼け。』

タイトルを見ただけで、「いい本だなぁ」と思えた。

細見茂子という女性の人生が描かれていた。大正9年、「細見商店」という菓子問屋に生まれた茂子さんは、生涯を商人として生きた。戦前は父親が経営する菓子問屋で、終戦直後は夫が立ち上げた金属を扱う会社で、離婚後は丹後ちりめんの商売で、腕を振るった。

「細見商店」の創業者、細見達治は京都生まれで、明治の終わり頃、大阪に出て菓子作りの修業をしていた。そのとき、一緒だった江崎利一と親しくなった。後の「江崎グリコ」の創業者である。その後、達治は「大阪には同業者がたくさんいるから目立たない」と、九州で一旗揚げることにした。別府、大分を経て、「できるだけ田舎がいい」と宮崎を終の棲家にした。そこで茂子さんが生まれた。

江崎グリコが「一粒三百メートル」のキャラメルを発売したとき、達治は大量に仕入れ、箱にキャラメルを一個だけ入れて、宮崎駅前で配った。ちんどん屋は太鼓と鉦《かね》を叩きながら「細見商店にグリコが入荷したよ。一粒で三百メートルだよ」とはやし立てた。キャラメルなど食べたことがない当時の人たちはあの甘さにとろけた。キャラメルは爆発的に売れた。全国的にも細見商店の売り上げは断トツだった。江崎社長は達治の胸像を制作して贈ってきた。

さて、幼少期は男勝りの茂子さんだった。男の子の子分を何人も従えていた。みんな店のお菓子で釣っていたから、何でも言うことを聞いた。

女学校時代には問題を起こして、先生が茂子さん宅にやってきた。「私の監督不行き届きです」と頭を下げたのは先生だった。「いえ、悪いのは茂子です」と、父親は頭を下げ、先生にお菓子の缶をお土産に渡した。先生は上機嫌で帰っていった。そんないい時代だった。

女学校を卒業後、茂子さんは父親の経営する細見商店に入った。店は、宮崎市役所からほど近い旭通り商店街にあった。

その商店街には「旭通り三人娘」と呼ばれる娘がいた。鶯津荒物屋の「としちゃん」、大野ガラス屋の「ふきちゃん」、細見商店の「しげこちゃん」だ。単なる看板娘ではなく、「この娘を嫁にもらうと商売繁盛間違いなし！」と言われていた。

当時商家では、サラリーマンの家の娘より商家に生まれ育った娘が跡取りの嫁にはふさわしいと思われていた。商売に対する感性が研ぎ澄まされているからだ。

後に茂子さんの息子が高校生のとき、「医者になりたい」と言ってきたときは、「医者なんか、つまらん」と反対した。息子には商人になってほしかった。それほど商いが好きだった。

『人生は、いま、夕焼け。』は、茂子さんが95年の人生を振り返って語ったことを、「聞き書き作家」の小田豊二さんがまとめたものである。

「お年寄りは皆物語を持っています。お年寄りが一人亡くなることは図書館が一つなくなるのと同じです。図書館を無駄にしてはいけません。聞かせてください、あなたの人生を。この私を記憶の番人にしてください」と小田さんは、以前取材した聞き書き講座で語っていた。それを聞いた宮崎市の開業医・細見潤さんは、「母親がまだ生きているうちに…」と、小田さんに聞き書きを依頼したのだった。

言ってみれば、この本は身内だけの宝物である。だから書店でもネット上でも売られていない。細見クリニックにそっと置かれているだけだ。

実際、物語はすべて茂子さん個人にまつわるエピソードで綴られている。

しかし、茂子さんの記憶を通して、その時代の街並みの風景や、その時代の庶民の生き方や生活が、読む人の心のスクリーンに鮮やかに映し出されている。

本ができ上がった半年後、その本を胸に抱いて茂子さんは95年の人生に幕を下ろした。陽が沈んだあと、美しい夕焼けを遠い西の空に見ることがある。これから先、そんな夕焼けを見るたびに、人生の終焉はかくありたいと思うことだろう。

我々は生まれ変われる変態である

タレントの武田鉄矢さんが朝のラジオ番組で、教誨師《きょうかいし》・渡邉普相《ふそう》さんについて語っていた。実に重たい内容だった。

２０１２年、82歳で亡くなった浄土真宗の僧侶・渡邉普相さんが教誨師を引き受けたのは50年以上前のことである。同じ宗派の大先輩、篠田龍雄さんから「わしの後を継いでくれ」と託されたのがきっかけだった。

教誨師とは、刑務所などの矯正施設の収容者に、道徳や宗教、人生の話をして実直に生きることを手助けするボランティアである。全国に約１８００人ほどいるそうだ。

その中でも篠田さんと普相さんは死刑囚の教誨を引き受けていた。死刑執行までに宗教の教えを学んでもらい、彼らの中にある人間性への目覚めを少しでも促して被害者の供養に代えることで、それを更生への最後のチャンスにしようというのである。

死刑囚の最期など我々は知る由もないが、その様子を堀川恵子著『教誨師』は詳細に記している。「自分が死んだ後なら本にしてもいい」という条件で、堀川さんが普相さんの体験を聞き出し、まとめたものだ。


とても印象深いエピソードがある。

Sという男の死刑執行の日。担当したのは先輩の篠田さんだった。いよいよ絞首台に向かうというとき、Sは全身が震えて歩けなくなり、2人の刑務官に両脇を抱えられた。Sは振り返り、篠田さんに向かって叫んだ。「先生、私に引導を渡してくれ！」

何か背中を押す言葉がないと前に進めないというのである。しかし、浄土真宗に「引導」はない。篠田さんはSに歩み寄り、彼の両肩を鷲掴みにして言った。

「Sさん、あんた、死ぬるんじゃないぞ、生まれ変わるんだぞ！　喝ーっ！」

Sの顔から恐怖の色が消えた。そして篠田さんに確認するように言った。

「先生、私は死ぬんじゃなくて、生まれ変わるんですね」

「そうだ。あんた、先に行きなさい。ワシもすぐ後から行くから」

篠田さんの言葉を聞いて、Sはほんの少しだけ微笑んだ。そしてその数秒後、Sさんは光の中に消えていった。


「人は生まれ変わる」。仏教やヒンドゥー教など東洋の宗教の教えに、この「輪廻転生」という思想がある。本当に人は生まれ変われるのか、その真意は個々人の信心に譲るとして、少なくともそう信じることで、得体の知れない死の恐怖から人は解放されるのかもしれない。

そして次に生まれてくるときには、前生より一つ上の精神レベルになっているというのが輪廻転生である。人間はこうして何度も何度も生まれ変わって、倫理観・道徳観の高い社会を築いてきたというのだ。

「生まれ変わることができる」という教えは、Sさんのような人にとっては希望である。ただ、今つらい人生を送っている人にとっては、一つ厄介なハードルを越えなければならない。生まれ変わるためには、一度死ななければならない。これは、ある意味、厄介ではないか。だが、死ななくても、生きたまま生まれ変わることができる。そんな人を今まで何人も取材してきた。

アニメ『もののけ姫』の主題歌で一躍有名になった歌手の米良美一さんも、かなりつらい過去を背負っていた。自叙伝『天使の声～生きながら生まれ変わる』には彼の波乱に満ちた半生が綴られている。

人間は、生きてさえいれば、悲しい過去を背負っていても、つらい現実に直面していても、自分の中の無限の可能性と出合うことがある。

昆虫のチョウチョだって、幼虫の頃は葉っぱの上でしか生きられなかった。じっと殻の中に引きこもっていたサナギの時代もあった。天敵に襲われても身を守る術もなかった。でも、生きてさえいれば、彼らは内なる力によって翼を得て、大空に羽ばたく。

この「生きながら生まれ変わる」状態を生物学では「変態」という。これは昆虫だけの話ではなく、人間にも当てはまる。

ただ、人間がこの言葉を使うと違う意味に捉えられる。これもまた厄介である。

「無茶ぶり」されるのは嫌だけど

書店で『落語力』という本が目に留まった。「落語」に「力」を付けるなんて面白いと思い、迷うことなく手に取った。

著者はあの落語界の天才異端児・立川談志師匠の弟子、立川談慶さんだ。慶應義塾大学の出身だからこの名前になったのだろう。さらに大手女性下着メーカー・ワコールを退社して入門したという、異質な落語家だ。その談慶さんの修行時代の話に唸った。

ある日、師匠から「今飲んでるから机の上の原稿を持ってきてくれ」という留守電が入っていた。談慶さんは、その日、最後に師匠と一緒にいた弟弟子に、師匠の行き先を聞いたが知らなかった。ただ懇意にしている歯科医と一緒らしいということが分かった。

すぐその歯科医院に電話を掛けて、先生の行きつけの店を数軒教えてもらった。その中から師匠が好きそうな雰囲気の店を絞って電話を掛けまくった。そしてついに師匠が今飲んでいる店を見つけ出し、何事もなかったかのような顔をしてお店に入っていった。

「よくここが分かったなぁ」と驚いたのは一緒にいた歯科医だった。師匠は「俺のところにいればどんな奴でも使えるようになるんだ」と、談志師匠は自慢げに歯科医に語った。

こんなことは日常茶飯事だった。「一貫の氷、買ってこい」とか「1週間くらい前の新聞記事に出ていたが、俺もあやふやだ。調べてくれ」とか、こんな無茶苦茶な要求に弟子はきちんと対応しなければならない。数年前、大雪の日にタバコを買いに行かされてまだ戻ってこない弟子もいるという。

徒弟制度の世界では、こんな修行話をよく耳にする。しかし、「この修行を『無茶ぶり』と置き換えてみると、誰にでも当てはまるんです」と談慶さんは言う。

つまり、「人間は『無茶ぶり』でしか成長しないし、そもそも人間だけが『無茶ぶり』に対応できるようにできている」というのである。

たとえば、筋トレは無茶なトレーニングで筋繊維を傷付ける行為だ。その傷が回復していく過程で以前より強く、頑丈な筋肉が作られていく。

また、鍼治療も身体に鍼を刺すという無茶な刺激を与えることで細胞を傷つける。身体はその傷を修復しようとして、いろんなホルモンを出し、結果、以前よりいい状態の細胞になる。こんなことをする野生動物はいない。確かに人間だけだ。


精神力も同じで、自分に備わっている能力以上のことに対応せざるを得ない状況に追い込まれると、いつしかその限界の殻が割れ、より強く、たくましくなっていく。談慶さんはそれを「成長」と呼んでいる。「無茶ぶり」されて、「いや、無理です。できません」と拒否すれば、そこでその人の成長は止まってしまうのである。


「無茶ぶり」は、ただの「いじめ」ではない。その違いを談慶さんはこう区別する。

短い期間で成長させようとする師匠の残酷な優しさが「無茶ぶり」だという。「無茶ぶり」は、その向こう側に笑っている成長した未来の自分が見える。もし見えなかったらそれはただの「いじめ」である。

そうは言っても、やはり「無茶ぶり」はキツい。そんなとき、談慶さんはこう思って越えてきた。「これって将来、絶対ネタになる」

実際、真打ちになった今ではキツかった経験がすべて落語のネタになっている。

それから、数値化することも励みになった。サラリーマン時代は営業ノルマが大嫌いだった談慶さんだが、落語界に入っても、「二つ目になるには落語50覚えろ」「真打ちになるには100覚えろ」と言われた。苦しかったけど、実際やってみたら数字は目標になり、それを超えたときは達成感や充実感、喜びになった。

自分の限界を自分で越えるのは容易ではないが、「無茶ぶり」されることで、気が付いたら自分の限界を越えていたという人が、今ステキな笑顔を見せている。

そんな無茶ぶられた経験を、後にネタにできる人が一流になるのだ。

「産んでくれてありがとう」を伝えよう

友人の辻中公著《くみ》『あなたの可能性の種を咲かせましょう！』という本が出版され、その中に私、水谷もりひとが登場する。数年前、辻中さんの『魔法の日めくりメッセージ』のことを社説に書いたことが、後にこの本の出版に繋がったという。

辻中さんは滋賀県在住だが、出版記念イベントを自分が生まれ育った京都で開催することにした。両親に参加してもらうことが一番の目的だった。その会場で「産んでくれてありがとう」という言葉をどうしても伝えたかったという。そんな気持ちになったのには三つのエピソードが重なっている。

一つ目、その本の執筆中に心の変化があった。小さい頃、両親は商売をしていて、なかなかかまってもらえなかった。幼稚園のお迎えもなく、雨が降っても傘を持って迎えにきてくれたこともなかった。そんな両親に感謝できないまま大人になった。結婚式のときでさえ、両親への感謝の手紙を書けなかった。

ところが、自分の生い立ちや親とのかかわり、自分の子育てについて書いていくうちに、かまってもらえなかったことよりも、忙しい中でも、精一杯の愛情を注いでくれたことが強く思い出されてきた。

二つ目は、『営業の魔法』の著者・中村信仁さんが主宰する「永業塾」との出合い。中村さんが語った「井戸を掘った人を忘れてはいけない」という言葉が心の深いところに届いた。いろんなご縁で今日がある。そのご縁の根源をたどっていくと、両親が見えてきた。「産んでくれてありがとう」という気持ちが泉のように溢れてきた。

三つ目は、倫理法人会が主催する勉強会で出合った「役に徹する」という言葉だった。「それぞれの場面での自分の役割をしっかり実践しよう」ということである。これまで仕事のときは「仕事人」に徹し、子どもの前では「親」に徹し、夫の前では「妻」に徹してきたが、もう一つ、大切なことを忘れていた。親の前で「子ども」に徹すること。「子ども」という役に徹していなかったから結婚式のとき、感謝の手紙が書けなかったのだと気付いた。「産んでくれてありがとう」の一言を伝えたい。伝えないといけない。出版記念イベントはその絶好のチャンスだと思った。

しかし、大勢の人の前に両親が出てきてくれるか、不安だった。

高校生の娘と中学生の息子に相談したら、「まず、おばあちゃんに伝えてみようか」と提案した。3人で母親のいる実家に行った。出来上がったばかりの本をプレゼントするタイミングで言う予定だった。ところが、突然娘が「おばあちゃん、ママを産んでくれてありがとう」と言ってハグをした。続いて、息子も同じ言葉を言ってハグをした。驚いた辻中さんも勢い余ってその3人に「ありがとう」と言ってハグをした。

「次はおじいちゃんだね」と帰りの車の中で娘が言った。

出版記念イベントでは、前日に書いた感謝の手紙を両親の前で読み、その結びで父親に「あなたの子どもでよかった」、母親に「産んでくれてありがとう」としっかり伝えることができた。

辻中さんは今、全国で「産んでくれてありがとうを伝えようプロジェクト」を展開している。略して「UATプロジェクト」

辻中公講演会に参加するとハガキをもらえる。「産んでくれてありがとう」という文字がいろんなデザインで描かれている。その中から好きなものを選び、宛先に親の住所と名前、差出人に自分の名前を書き、辻中さん手作りのポストに入れて帰る。ただそれだけ。

投函するのにためらう人もいるので、郵便ポストには辻中さんが投函する。意外とこのハードルは高い。照れくさくてできない人のほうが多い。

だからこそ、「親に産んでくれてありがとうを伝えることは自分が変わる第一歩」だと辻中さんは言う。

それは同時に「自分の可能性の種を咲かせる」大きな一歩に繋がるのだ、と。

痒いところに手が届いた安堵感

隔靴搔痒《かっかそうよう》とは「靴の上から足の痒いところを搔く」という意味で、「痒いところに手が届かなくてもどかしい」「核心に触れられず、はがゆい」という思いを表現する言葉である。

千葉経済大学の佐久間勝彦学長は昨今ブームになった「品格」をテーマにした本を読みながら、どこか隔靴搔痒の感じがしてならないと、エッセイ『品格について静かに考える』の中で書いていた。数年前、『国家の品格』がベストセラーになって以来、『女性の品格』『自分の品格』『日本人の品格』『男の品格』など、次々に「品格本」が出版された。そして、それぞれの著者が品格について持論を述べている。

「品格ある女性の第一歩は1人で生きていけること。群れないことから始まります」とは『女性の品格』の坂東眞理子さんの言葉。

渡部昇一さんは「できない理由を探すことなく、志を保ち、自分で自分を尊敬できる人間」と、著書『自分の品格』の中で説明する。

「品格ある人間に大切なものは潔さ」と言うのは『男の品格』の著者・川北義則さん。「人から後ろ指を指されることなく、自分でも誇れるような生き方をするとしたら『潔く生きる』しかない」と。

しかし、「品格」を定義づける人は何となく「自分がそういう人間である」と言っているようにも聞こえる。そもそも「品格」とは「こうあるべき」と、「べき論」をいうのではなく、誰かの生き様や立ち居振る舞いの中に感じ取るものだ。そういう人に出会えたとき、「品格」という言葉が具現性を帯びてくる。

佐久間さんはある日、何気なく手にした『大造じいさんとガン』という児童文学書の中にそれを感じ取った。大造という70代の狩人が若い頃に出会った1羽のガンについて語った物語である。

そのガンは左右のつばさに真っ白な交じり毛を持っていて、それが雪のように見えるため、「残雪」と呼ばれていた。「残雪」はガンの群れの頭領だった。「残雪」が来るようになってから、大造は1羽のガンも捕えられなくなっていた。「残雪」は少しの危険でも感じ取るとすばやく仲間の群れを逃がしてしまうのだ。

ある年の冬、大造は何とか1羽のガンを生け捕りにすることができた。しかし、その翌日から警戒心をさらに強くした「残雪」に邪魔をされ、結局その年の収穫はその1羽のガンだけだった。翌年も潜んで待ち構えているところを「残雪」に気付かれ、収穫はなかった。大造はそんな「残雪」をいまいましく思うのだが、心のどこかで「たかが鳥のくせに…」と思っていた。

その翌年、大造は2年前に生け捕りにしたガンを「おとり」にして群れをおびき寄せる作戦に出た。ところが、予期せぬことが起きた。1羽のハヤブサがガンの群れに向かって急降下してきたのだ。危険を察知した「残雪」はすばやく群れを逃がした。

しかし、2年間大造に餌付けされた「おとり」のガンは野生の本能を鈍らせていたのか、逃げ遅れてしまった。ハヤブサはそのガンに襲い掛かってきた。

そのとき、「残雪」が舞い戻ってきて、ハヤブサに体当たりした。その「おとり」のガンを救わねばならない仲間だと「残雪」は思ったのだろう。「残雪」とハヤブサはもつれ合って戦った。

大造が近づくと、ハヤブサはよろめきながら飛び去った。地面には血を流し、ぐったりした「残雪」がいた。彼は残った力を振り絞って頭を上げ、頭領としての威厳を大造に見せつけた。捕らえようと思えば捕らえられたのに、大造は手当をし、春になるのを待って逃がした。

「残雪」の立ち居振る舞いに、佐久間さんは「品格」を感じた。やっと痒いところに手が届いた気がした。大造が彼を捕らえなかったのは、大造が「残雪」に「品格」のようなものを感じたからではないかと佐久間さんは考えた。

本当の意味での「品格」とは、「かくありたし」と思わせる咄嗟の、何気ない行動や立ち居振る舞いに表れるものではないのか。1羽の鳥に教えられた。

ここだけの話、「朝には何かある」

『あさが来た』は2015年下半期のNHK連続テレビ小説のタイトルだ。このネーミングは見事である。

明治の女性実業家・広岡浅子をモデルにした主人公「白岡あさ」の名前を、夜が明けて1日が始まる「朝」に掛けている。それは明治維新という「新しい時代の到来」をも感じさせる。

だから、タイトルに活力を感じる。「あさ」という言葉の響きにはそんな力がある。

さて、今回は朝ドラの話ではなく、「朝」の話である。

ラジオ体操の歌は「新しい朝が来た」という歌詞で始まる。確かに昨日と同じ朝を人類は一度も迎えたことがない。有史以来、朝は常に新しい1日の始まりをもたらしてきたのだ。そして、作家・吉川英治（１９６２年没）が「朝のこない夜はない」という名言を残しているように、どんな人にも朝は来る。

夜の暗闇を人生の苦難や試練にたとえると、朝は希望や好転にたとえられる。太陽が顔を出す瞬間がそれを象徴している。だから、元日に初日の出を拝みたくなる。

一般的に、夜は楽しむ時間である。お付き合いは大概夜の酒場だし、面白そうなテレビ番組は夜やっている。美味しいものが出てくるのも夜である。そして夜は誘惑が多い。お酒が入ると女性がきれいに見えるし、気前のいい男に女性はつい心を許してしまう。「歴史は夜つくられる」というが、そういうことに夜を活用するのは大いに結構だ。

だが、仕事の計画を練ったり、勉強をしたり、創作活動をするなら朝に限る。夜明け前の１時間は昼間の３、４時間に匹敵するほど効率がいいことは、やっている人なら誰でも知っている。

さらに、与えられた仕事を熟《こ》なす日中は左脳と顕在意識がフル回転して現実の問題に対処しているが、目覚めてから１、２時間はまだぼーっとしているため、右脳と潜在意識が働きやすい。

　実はその時間に、日中には一生懸命頭をひねっても出てこないようなアイデアや発想、ひらめきが難なく出てくる。いや、「降りてくる」という表現のほうが適切かもしれない。

　みやざき中央新聞の社説はいつも夜明け前に仕上がる。日中はもっぱら論理的思考をする左脳を使って書く。途中で行き詰まるとどんなに試行錯誤しても文章が出てこないので、そんなときは「朝の力」を信じてさっさと早寝する。すると次の日の夜明け前にすらすらと文章が降りてくる。そんなことを何度体験したか分からない。

　早朝の2、3時間は面白そうなテレビ番組もやっていないし、仕事のアポイントもないし、電話もかかってこない。集中力を発揮するゴールデンタイムなのである。残業も本当は朝がいい。

　ただ、朝には「もっと寝ていたい」という誘惑がある。昔の人はその誘惑に打ち勝つために「早起きは三文の得」といった。

しかし、よくよく調べてみると、「三文」というのは今のお金に換算すると90円くらいで、江戸時代でも大した金額ではなかったようだ。つまらない芝居を「三文芝居」といい、二つ束ねても三文でしか売れない商品を「二束三文」といった。出来合いの安価なハンコを「三文判」と呼ぶように、「三文」は大して価値のないものの代名詞だった。

きっとあのことわざは損得勘定の「得」ではなく、人としての生き方の価値を示す「美徳」の「徳」ではないか。

「三文ほどの小さな徳」でも、毎朝早起きを続けていると、やがて習慣となり、その習慣が人格をつくる。そして右脳と左脳、潜在意識と顕在意識をバランスよく働かせることのできる強い脳をつくるのだ。たとえば直観力や判断力が冴えてくるみたいな。

そうは言っても、やはり夜型人間のほうが圧倒的に多い。もちろんそれでいい。「朝の力」を知っている人が少ないほうが差別化ができる。「朝には何かある」というのはここだけの話にしておこう。

なぜ落語を聞きたくなるのだろう

ゴールデンウイークに、まだ読んでいない書棚の中から落語の本を読むことにした。立川談慶著『いつも同じお題なのに落語家の話はなぜ面白いのか』、立川談四楼著『一流の人はなぜ落語を聞くのか』、そしてコミックス『どうらく息子』全14巻である。

近年、創作落語を演《や》る噺家が増えたが、本当の落語の面白さは江戸時代から続く古典落語に尽きる。ストーリーも最後の「落ち」も分かっているのに、なぜ日本人は落語を飽きもせず愛し続け、さらには伝統芸能にまで高めてきたのだろう。

『どうらく息子』は、保育士をしていた翔太という20代の青年が、たまたま園長に連れられて行った寄席で、惜春亭銅楽《せきしゅんていどうらく》師匠の落語に魅了され、自ら噺家としての道を歩み始めるという漫画だ。前座時代の理不尽な苦労話がことのほか面白かった。

銅楽師匠のネタは『時そば』だった。翔太は師匠の落語を聞いているうちに舞台の上にそば屋の屋台が見え、そこでそばを食べている男の姿が見えた。「なぜ見えたんだ？」と翔太は衝撃を受けた。

その後、人情噺『文七元結《ぶんしちもっとい》』を聞く機会があった。そのときもそうだった。

「舞台にはたった1人、扇子とてぬぐいを持った師匠がいるだけなのに、いつしかその姿が消えて、舞台いっぱいに吾妻橋がかかって、そこで死のうとしている文七が見えました。そこに五十両を握りしめてやってくる長兵衛が見えたんです」

何とか弟子にしてもらおうと、銅楽師匠の自宅前で待ち伏せして、師匠に自分の気持ちを必死に語る翔太だった。

落語を聞くと、まるでその場にいるような臨場感を味わう。目に浮かぶ情景も、演者の個性や語り口によって全く違ってくる。だからストーリーの展開も、「落ち」も分かっているのに、飽きない。100人の噺家がいれば、100種類の『時そば』や『文七元結』があり、客はそれぞれの語りの世界に引き込まれていく。

語りの技術が仕事の成否を決定づけるのは何も噺家だけではない。営業職の人もそうだ。「永業塾」を主宰している中村信仁さんがよくこんなことを言っている。「セールストークのポイントは見えるように語るということ。お客様の心のスクリーンに映像が浮かんでくるように語る。これができない人は素人です。だから、営業職の人間は言葉を磨かないといけないんです」

「言葉を磨く」とはすなわち、言葉を語る人自身が、自らの内面を磨いていくことではないかと思う。人は誰でも自分では気が付かないが、その内面が磨かれる環境や状況に置かれるときがある。

たとえば、噺家は理不尽なつらい前座時代に、営業職の人はお客様から否定される中に、母親になれば言葉の通じない乳児期の子育て中に、「どうにもならない現実」と「どうしようもない自分」との狭間の中で、悔しい思いをたくさん経験する。ある意味、教師も、社長も、社員も、芸術家も、政治家も皆そうかもしれない。

否定されたり、屈辱を味わったり、何をしてもうまくいかないときは「磨かれている」なんて気付きもしないが、やがて自分の愚かさに気付くようになる。そして、優しさが滲み出てきて、だんだん味のある人間になっていく。

「一流の人」かどうかは別として、人の気持ちが分かるようになると、悲喜こもごもの人生を映し出す落語がじっくり味わえる人間になる。

古典落語に出てくる人たちは誰も社会正義を語らない。みんなドジでマヌケな人たちばかりだ。そんな人たちのしくじった話を聞きながら、自分の愚かさを棚に上げて笑う。笑いながら共感する。だから、落語を聞いていると優しい気持ちになる。

世界広しといえども、こんな文化を生み、愛し、遺してきた日本人の懐の深さに感心する。

日常のすべてを楽しい「道場」にする

一般社団法人「倫理研究所」の創立者・故丸山敏雄氏の人物像をまとめた『丸山敏雄伝』という本がある。第一章は、丸山氏が生前、弟子たちに語っていた言葉が解説されている。最近、これを毎朝一つずつ読むのが日課になっている。

人は、心身を鍛えるために武道などの道場に通ったり、仏門をくぐって座禅を組んだりする。あるいは、「自分探し」と称して自転車にまたがって旅をしたり、バックパッカーとなって世界に飛び出す若者も少なくない。いずれにしても身をもって体験することは幾万冊の読書にも優るだろう。しかし、「心を磨きたい」「自分を成長させたい」と思ってはいても、皆が皆、現実を離れて、そういう特別な環境に身を投じられるわけではない。

その点、丸山氏はすべての人が難なく通える「道場」を紹介している。そこで修行すれば誰もが鍛えられ、成長させられ、幸福になれる「道」があるというのだ。

それが「生活道」だ。私たちの日常のすべてが「道場」なのである。だからわざわざ通う必要もないし、月謝も不要だ。日々の生活の中にこそ、自らを鍛え、成長させてくれるものがふんだんにある。

そのことに全く気付かず、身の回りの人間関係に心を悩ませたり、好ましくない出来事を嘆いたりして、今まで自分磨きと自己成長の好機をどれほど逃してきたことだろうか。

たとえば、丸山氏はこんなことを言っている。「自分を変えたい人、心を入れ替えたい人、成長したい人は今よりも早起きして朝の時間を有効活用すべし」

それを聞いて多くの人は「無理、無理」と言う。中には「朝、サッと起きられる秘訣を教えてください」と聞いてくる人がいる。それに対して丸山氏は一言、「秘訣はありません。よし、明日から早く起きるぞ、と決めればいいんです」と言う。

「支払い」の話も面白い。入金は嬉しいが支払いはしぶしぶというのが人情である。一般的に「支払いは翌月の末払い」という会社が多いが、中には「翌々月の末払い」という会社もある。しかし、丸山氏の信条は「支払いは喜んで」「請求書が来たらすぐ支払う」である。これを実践していくと、面白いようにお金の入りがよくなるそうだ。

「生活道」のモットーは「嘘だと思うなら、とにかくやってみて確かめろ！」だ。

さて、本題はここからである。その本の中にこんなことが書かれていて、思わず背筋が伸びた。「丸山敏雄が生涯を通して取り組んだことがある」というのである。それは何かというと、「後始末」なのだそうだ。

たとえば、使ったものは元の場所に戻す。散らかしたら片付ける。一つのことが終わったら反省会をして次に生かす。「後始末」とはそういう意味なのだが、これに生涯を通して取り組むとはどういうことだろう。

一日の「後始末」は日記をつけることにあるという。丸山氏は人生を終えるその日まで日記をつけていたそうだ。

一般的に、出張から帰ったら報告書を書くのは当然だが、プライベートな旅行でも記録をつけて「後始末」をする。

靴を脱いだら揃える。あるいは靴箱にしまう。席を立ったら椅子を入れる。使った傘は滴を落としてから所定の場所に置く。タオルを使った後は端をピンと引っ張って整える。ホテルを出るときには入室したときのように寝具を美しく整え、洗面所の水滴を拭き取る。本を読んだら読みっ放しにせず記録をつける。映画を観たら観っ放しにしないで記録を残しておく。飛行機を降りる時はシートベルトを元の状態にする等々。

「後始末は意識しないとできない。しかしやっていくとだんだん楽しくなっていく」という。そして、「後始末の人生」を心掛けていくと、不思議といろんなことに気付ける人になるという。「この店は窓がきれいに拭いてある」とか「あの店員の所作は素晴らしい」など。

たかが後始末、されど後始末。奥が深い。

日常のすべてを、楽しく修行できる「道場」にしてみようか。

新年度にこそ1年のストーリーを

年の始めにこの1年の目標や抱負を考える。それが記憶の彼方に薄れつつある4月、日本人には「新年度」という、もう一度心新たにこの1年をスタートさせてもらえるチャンスがある。そもそも元旦に「1年の計」を立てても、3月の異動や受験失敗など、思いがけない事態が起きて計画が狂ってしまうことも少なくない。

年初めに神社に行って手を合わせるのは、親に元気な顔を見せるために故郷に帰省するようなもので、1年の具体的なストーリーを描くのは4月こそふさわしいのではないかという気がする。

「人生のストーリーを描く」というのは、歴史ドラマのシナリオ（脚本）を書くようなものだ。ドラマ化する際、脚本家は主人公を、歴史上の人物像に忠実に描くわけではない。その人物が女たらしでも、ドラマの中では誠実で、まじめないい男につくり上げるくらいのことはする。視聴者が楽しめるように脚色をするのである。

人生における「原作」は、幼い頃から刷り込まれた価値観のようなものかもしれない。生まれた場所も、生んでくれた親も、その親を生んだ祖父母も、勉強を教えてくれた先生も、自分で選べなかった。

それが良縁だったらいいのだが、そうでなかったら歪んだ世界観や男女観、経済観念、自分への過小評価などが後の人生に重くのしかかる。だとしたら自分の人生の「原作」をドラマ仕立てにおもしろく変えてしまってもいいのではないか。

経営コンサルタントのジェームス・スキナーさんがセミナーでこんなことを言っていた。
「過去の記憶の中で生きるのはもうやめて、これから新しいストーリーを始めてみませんか」
「会社はストーリーである」「ストーリーを描いたらそれを人に語るべきだ」と。

1974年、アップル社の創業者・スティーブ・ジョブズは、会社設立にあたり、コンピュータエンジニアのウォズニアックという男に「一緒にやらないか」と声を掛けた。当時のジョブズの資産はゼロ。払える給料もゼロ。他に社員はいない。それでもウォズニアックはやってきた。ジョブズが語った「パーソナルなコンピュータを作って世界の人々をワクワクさせよう」というストーリーに乗ってきたのだ。

会社のストーリーをいかに上手に語るかが重要である。下手に語っていると、社員の士気は上がらず、面接に来た学生は「やめときます」となるだろう。

商品もストーリーだ。語るべきはお客様。たとえば、フェラーリという車は通勤や家族サービスに使う車ではない。女性にモテたいと思っている男に語るストーリーである。「助手席にスタイル抜群の金髪の女性が乗っている未来をイメージしてください。これ2000万円でいかがですか?」。そのようなストーリーを生きたいと思っている男性なら「買います」となる。皆さんが扱っている商品はどんなストーリーを持っているだろうか。

人生もストーリーだ。より豊かな人生を生きようと思ったら、より豊かなストーリーを描かなければならない。

今まで「原作」に縛られていた人もいるだろう。「頭が悪いのは貧乏で塾に通えなかったからだ」と親のせいにしたり、「足が遅いのはうちの家系に速い人は1人もいないから」と先祖まで持ち出したり、「成功しないのはこんな田舎にいるからだ」と環境のせいにしたり。

「お金がない」「時間がない」「もう年だ」「自分には障がいがある」、そんなことを一切考えないで、「こんな恋をしてみたい」「こういう家庭をつくりたい」「こんなことをやってみたい」と、頭の中で自由にこれからのストーリーを描いてみよう、とジェームスさんは言う。

「20年前のこと、10年前のこと、いや昨日までのことはどうでもいい。もう過去の記憶の中で生きるのはやめましょう」と。

新年度は、すべての人が新しいストーリーを描くことができる、絶好の節目だ。

努力している若者の清さに触れて

岐阜県にある㈱タニサケの会長・松岡浩さんは、これまでに20冊ほど小冊子を発行している。『一流の日本人をめざして』はその中の1冊だ。若者へ向けた23本のエッセイが綴られている。

その小冊子を手にした1人の僧侶が、知り合い2人の高校教師にプレゼントした。

1人は北海道の稚内高校野球部の先生、もう1人は熊本県の私立開新高校空手道部の先生。この冊子を読んだ2人の先生は、部活の生徒に読んでほしくて部員の数だけ贈った。

その生徒たちの感想文を読ませてもらう機会があった。松岡さんのメッセージがストレートに響いていて驚いた。その一部を紹介しよう。（文責編集部）

開新高校空手道部主将の大田黒皓也君。彼は全国大会出場チームの主将としての苦悩を吐露していた。「チームが思うような方向に向かっていかないことで悩んでいました。こんなにきついことがあるのかというくらいドン底を味わいました。『なんで自分だけこんな思いをしなければならないのか』と。

でもこの本にあるように、逆境は強い人にしか与えられない。つらいときは伸びるための絶好のチャンスなんだと思えば、『よし、やってやろう』という気持ちになりました」

同じく1年生の福田堅志朗君は「一隅を照らす」という章を読んで、「この言葉は、どんなに小さなことでも、その中に自分を鍛えてくれるものが必ずあるから、できる限りの努力をしろ、という意味だと知り、今までやってきた掃除や挨拶の大切さを改めて感じました」と綴っていた。

彼はこれまで掃除は次に使う人のために、ほこり一つ残さぬよう隅々まできれいにしていた。挨拶は相手に気持ちよくなってもらうために、相手の目を見てすることを心掛けてきた。その彼がこう言っている。「しかし、この本を読んでこのようなことは誰かのためにすることではなく、すべて自分に返ってくることであると気付きました。そういう行為を積み重ねることで自分が磨かれていくんだと。最高の自分を発揮するためには小さい一つひとつのことに真摯に向き合っていくことが大切なんだと思いました」

次は、稚内高校野球部1年生の小板谷凌太《こいたやりょうた》君。

「中学生の頃、野球部の主将をやっていました。1年間で全ての部員が成長しましたが、それぞれの成長の度合いが違っていました。その基準は素直さにありました。他人の指摘を素直に受け入れられた人は一目で分かるほど成長していました。しかし、他人の指摘を聞こうとしない自分勝手な人は成長の度合いが小さかったです。自分にこのような経験があったので、この本の中の『成長は素直さに比例する』という言葉が強く印象に残りました」

2年生の矢部永吉君の心に残った章は「頭の偏差値より心の偏差値を」だった。

「…いくら頭が良くても挨拶ができないと社会に出ても通用しないと思います。挨拶ができないのは若者だけじゃなく、大人にもたくさんいます。私が元気にあいさつしても返事をしない大人や狭い歩道で道を譲ってあげたときもお礼を言わずに通り過ぎる大人がいるから、挨拶もできない子どもが増えていくんだと思います」

そして、1年生の北辻翔基君が選んだのは「日本精神」という章。「この本には、日本精神とは忠誠心が驚くほど強く、何事にも積極的であると書かれていますが、今の日本人とかなり異なるところがあると感じました」


看護師を目指している1年生の岩出駿太郎君はこんな感想を書いた。

「この本を読んで気付いたことがあります。それは立派な看護師になるには『一流の日本人』になる必要があるということです」

大人に警鐘を鳴らしているような感想にハッとさせられる。部活動の中で日々鍛えられ、大きな目標に向かって努力している彼らだからこそ、至極当然のメッセージでも素直に受け止めることができたのだろう。


日々何かに向かって努力していないと珠玉のような言葉に出会っても受け流してしまうかもしれない。人間は努力すべき生き物だと、改めて思う。

失敗や挫折を味わうことの意味

さだまさしのヒット曲に『雨やどり』という歌がある。歌の中の女性は、雨の日に偶然雨やどりをしてきた男性と親しくなり、お付き合いを始める。

ある日、彼は彼女の両親にあいさつするため、彼女の家に行く。中に入ると彼の靴下に穴が空いていた。彼女は隠そうとしたが、しっかり両親に見られた。しかし、爽やかさが気に入られて結婚話はうまくいった、という歌詞である。

靴下の穴の話をもう少し深めてみよう。たとえば、あなたが大切な取引先の人と会食をすることになり、連れていかれたお店でお座敷に通されたとする。その時、自分の靴下の穴に気付いた。さて、どうするか。

以前、作家の中谷彰宏さんが講演の中でこの話をメンタル力（精神力）と絡めて話していた。メンタル力が弱い人はこういうとき、隠そうとする。そうするとずっと靴下が気になり、会話に集中できない。また相手が靴下の穴に気付いたら気を遣って見て見ぬふりをするだろう。そして会食が楽しめなくなる。

メンタル力の強い人はこういうとき、「あっ、靴下に穴が空いてる。こんな日に限ってお座敷とは…」などと、先に自分の弱みを言ってしまう。その時、相手が笑ってくれたら儲けもの。そのことでその場の空気が和やかになる。その後は互いに心を開いて楽しい会食になるに違いない。

「アクシデントやハプニングが起きたとき、『どうしよう』とビビった時点で前に進めなくなります。大事なことは弱みを見せられる強さを持つこと。これはメンタルの問題です」と中谷さん。

『永遠の0』や『海賊と呼ばれた男』などの著者で知られる百田尚樹さんはこのメンタルについて、「それは鍛えられるもの。いや、鍛えないといけないものです」と著書『鋼《はがね》のメンタル』の中で言っている。

筋力は鍛えないとどんどん衰えていき、逆に「筋トレ」をすることで強くなる。脳も同じで、考えることをやめてしまうと急速にボケが進むが、「脳トレ」をして考える力を鍛えていくと認知症の予防になるそうだ。

実は精神も、筋力や脳と同じで鍛えなければどんどんひ弱になり、逆に鍛えれば鍛えるほど人生の艱難辛苦に耐え得る力を持つようになる、という。

百田さんといえば、よく過激な発言をしてマスコミからバッシングされている人だ。彼は、言いたいことを言ってマスコミから叩かれ、ネット上で散々悪口を言われることに対してこう言っている。「不愉快になるし、落ち込むし、へこむけど、それは耐えられる。しかし言いたいことを言わずに生きていくことには耐えられない」

普通、我々は嫌われたくないし、叩かれたくないので、言いたいことを言わずに我慢していることが多い。ただ、嫌われることを恐れるあまり、言いたいことも言わずに我慢して生きていくと、害もなければ益もない人間になっていくのではないか。あるいは、失敗や挫折を恐れるあまり、何事にも挑戦せず、無難に生きていくことでメンタルのひ弱な大人になっていくのではないか。

百田さんが『鋼のメンタル』という本を書いたのは、幼い頃はどこにでもいる普通のひ弱な男の子だった彼が、失敗や挫折を繰り返すうちに「メンタルが鍛えられた」ということに気付いたからだそうだ。

今、ストレスでイライラして子どもを虐待したり、カッとなって人を殺したり、たった一度の挫折で自殺する若者が多いことを考えると、ひ弱なメンタルは人生に取り返しのつかない悲劇をもたらすのではないかと思えてくる。

もちろん失敗や挫折は、望んで経験することではない。しかし、人生には必ずと言っていいほど、それは訪れるものである。

その時はその現実を受け止めよう。泣く、わめく、寝込む、誰かに話を聞いてもらう。とことん落ち込んだら、のそのそと起き出してうまいものを食べ、心を切り替える。

その時はまだ気が付かないかもしれないが、後になってみると以前よりあなたのメンタルはちょっと強くなっているはずである

愚痴をネタにできる「楽しい派」

「グチにするよりネタにしちゃうか。」

「米田《まいだ》課長」を演じるお笑い芸人の内村光良氏がつぶやく。キリンビールの、この夏の車内広告のコピーである。

不快なことを経験するとつい愚痴を言いたくなるが、そんなことで自分の品位を落とすより、「これもネタになる」と思えば、その状況を楽しめるというものだ。

ふと、東京・江戸川区にある『読書のすすめ』という本屋さんの店主・清水克衛《かつよし》さんの、まずいラーメン屋の話を思い出した。店の近所にまずいラーメン屋さんがあって、それを清水さんは講演のネタにしている。たまに新ネタも出てくるので、「まずいから二度と行かない」のではなく、時々行ってはネタづくりをしているようだ。

そのラーメン屋も清水さんのおかげで次第に有名になり、地方の人が上京したら一度は行ってみたいラーメン屋になっているとか、いないとか。

さて、世の中にはこういう楽しむことを得意とする「楽しい派」の人もいるが、同時に「嬉しい派」の人もいる、と言うのは作家の中谷彰宏さん。

「嬉しい派」の人は「嬉しい」を、「楽しい派」の人は「楽しい」を、それぞれ基準にして仕事をし、人間関係をつくり、日常生活を送っている。

実はこの二種類の人間は全く違うからおもしろい。あなたは嬉しい派？　楽しい派？どっちだろう？

「嬉しい」は、人から何かしてもらったときに湧いてくる感情である。特別な日にプレントをもらったり、優しい言葉を掛けてもらうことが嬉しいし、仕事をしているときは、上司や顧客から感謝されると嬉しい。しかし、期待通りの反応が返ってこないと、怒りや悲しみなど、「嬉しい」とは対極の感情に苛まれる。「嬉しい派」の人は常に相手の反応で一喜一憂しやすい。

また、「嬉しい派」の人は営業という仕事が苦手である。営業は一生懸命、商品説明をしたり、遠いところまで足を運んだりしても、相手から感謝されない。それどころか足蹴にされることのほうが多い。「嬉しい派」はこれに耐えられない。

一方、「楽しい派」の人は、相手の反応はあまり関係ない。恋愛も自分が相手を好きになったのだから、それでいい。「楽しい」を基準に仕事をしている人は少しくらい給料が安くても休みが少なくてもあまり気にしない。「楽しい派」の営業マンは営業そのものを楽しんでいるから、断られても一喜一憂することはない。

人は誰でも最初は「嬉しい派」である。乳幼児は親から何かしてもらうことを大前提で生きている。そんな子どもも途中から友だちや趣味や恋人など、自分の楽しみを見つけ、徐々に親離れをしていく。この親離れがうまくできないと大人になっても「嬉しい派」のままだろう。

親の顔色を窺ってやりたいことを「やりたい」と言えなかったり、家族が心配するからと好きなことを我慢する。相手の反応が気になるのは心のどこかに「嫌われたくない」という気持ちが潜んでいるからなのだそうだ。もちろん家族を守っていくとか、社会人として生きていく上で、この「嬉しい派」の要素も少しは必要かもしれないが…。

「楽しい派」の人は、自分の「楽しい」が基準になっているので、周りの心配をよそに「フーテンの寅さん」よろしく「自分探し」と称して冒険旅行に出掛けたり、道楽にカネをつぎ込んだり、ちょっと困ったところもある。

バランスが大事なのだろうが、何かとストレスの多い現代社会である。働き方が「嬉しい派」の人は要注意だ。

どうしたら「嬉しい派」の人が「楽しい派」に変われるか。中谷さんいわく、「まず『楽しい派』の人と友だちになる。そして自分が失敗しても、言いたいことを言っても、『嫌われない』という体験をする」。これが一番いいそうだ。

これからは失敗もイヤなことも、全部ネタ帳に書いておこう。

「はじめに」と「おわりに」をお酒にも

先週、北海道のコミュニティラジオ「FMアップル」を聞いていた。パーソナリティの中村信仁さんが語る「人生初めてのお酒は何がいいか？」という話に耳をそばだてた。ネタ元は、石原慎太郎著『男の粋な生き方』の中にあるヘミングウェイの話だった。

ヘミングウェイといえば世界的な作家である。『日はまた昇る』『武器よさらば』『誰がために鐘は鳴る』などの作品は、読んだことはなくてもタイトルは誰でも知っていることだろう。『老人と海』ではノーベル文学賞を受賞している。

その大作家が出版社の人とホテルのロビーで雑談していたとき、隣にいた若い女の子たちの会話が聞こえてきた。その中の1人が失恋したらしく、その腹いせに「今日は生まれて初めてのお酒を飲んじゃおうかしら」とつぶやいた。
それを聞いたヘミングウェイは振り返って、「君、本当に生まれて初めてお酒を飲むのかい？」と質《ただ》した。彼女が頷くと、ヘミングウェイは「それは大事なことだ。何がいいか俺に任せろ」と言って、彼女をホテルのバーに連れていき、人生で初めてのお酒を飲ませるという話だった。

さて、ここで問題である。ヘミングウェイはその女の子に一体何を薦めたのか。
石原氏は「高級」と呼ばれるバーに行っては、バーテンダーに尋ねていた。「若い女の子が人生で初めてのお酒を飲むという。君だったら何を薦めるか？」と。面白いことに、どのバーテンダーも大抵同じお酒の名前を言うそうだ。

ここで注目すべきは、若者が人生で初めてのお酒を飲もうとしているとき、お酒のことを知り尽くした一流の文化人が「それは大事なことだ。俺に任せろ」と指南しているところである。この体験はきっと彼女のその後の人生に、お酒は単なるお酒ではなく何か重大な意味をもたらしていったことだろう。

一方、人生最初のお酒の場面で、「それは大事なことだ」と言ってくれた先輩がいたわけでもない我々は、何となくお付き合いで、あるいは興味本位で飲んでしまったのではないだろうか。ならば人生最後のお酒に、ちょっとした演出をしてみるのはどうだろう。ドクターストップがかかり、もうお酒が飲めなくなっているその時に「最後にあのお酒を飲ませてくれ。そのお酒にはこんな思い出があるんだ」と配偶者なり、医者に頼むのである。

以前、それに近い場面をある本で読んだことがある。神戸市にある新須磨病院の澤田勝寛院長のエッセイ『医療はとってもいい仕事』（薬事日報社）である。

その患者は95歳。数年前に奥さんを看取り、その後は1人暮らしをしていたが、いよいよ老人ホームに入居することになり、入居前健診で末期がんが見つかった。

しばらくは老人ホームで過ごしていたが、食事も受け付けられない状態になり入院することになった。大木が枯れるように男性は日々衰弱していった。

ある日、看護師が困った顔をして澤田院長のところにやってきた。「あの患者さんがビールを飲みたがっている」というのだ。

もちろん入院中のお酒はご法度である。しかし、頬がこけた男性の乾いた唇が、「先生、最期にあんたと乾杯したい」と言うのを聞いて、澤田院長は近くの自販機に走り、「キリン一番搾り」を買ってきた。

「背もたれを立てたベッドに看護師に支えられて座り、缶のまま飲みだした。こぼしたり、むせたり。少しずつ飲んでいく。『おいしいなあ、おいしいなあ。本当にありがとう』、涙をいっぱい浮かべた目を見開いて礼を言ってから、歌い始めた。『おーれーは河原の枯れススキ、おーなじおまえも枯れススキ…』。彼の両肩を支えながら看護師も泣いていた」（本文より）

その3日後、男性は95年の人生に幕を下ろした。悲しいはずの死に、「よかったですね」という言葉が添えられた最期だった。

そうそうヘミングウェイが、人生で初めてのお酒を飲もうとしている女の子に薦めたのはカクテルだった。しかもフィズ系。口当たりが甘く、そして爽やかな「ブランデーフィズ」だった。ご参考までに。

第二章　苦難を越えて、明日のために

問題を「問題」にしていくために

さだまさしさんの小説『風に立つライオン』が映画化された。宮崎市にある老健施設「サンヒルきよたけ」の施設長で、外科医の柴田紘一郎さん（74）をモデルにした映画だ。柴田さんは1971年、長崎大学熱帯医学研究所からケニアに医療支援で派遣された。ケニアから帰国した73年、テレビ局の紹介で佐田雅人という男に出会った。『風に立つライオン』はここから始まった。二人は意気投合し、後日、佐田さんは柴田さんに息子の雅志さんを紹介した。「しがない歌い手です」と自己紹介した髪の長い青年に、柴田さんは居酒屋でアフリカの話をした。

その年の秋、雅志さんはメジャーデビューを果たした。翌年には『精霊流し』が大ヒットして、たちまち売れっ子になった。そしてデビューから14年、『風に立つライオン』を発表した。

「闇の中ではじける彼等の祈りと激しいリズム 南十字星 満天の星 そして天の川…」

柴田さんは歌詞を読んでびっくりした。自分が昔、あの髪の長い青年に語った内容が叙情的な歌詞になっていた。歌は途上国で支援活動をする多くの日本人を励まし、勇気づけた。それはやがて小説になり、そして映画になった。映画のストーリーは、主人公・航一郎と元少年兵との出会いが大きなテーマになっている。「少年兵」とは、反政府ゲリラに誘拐され、過酷な状況下で訓練されて兵士にさせられた子どもたちだ。

さて、この「少年兵」の問題に正面から取り組んでいるＮＰＯが日本にある。

学生時代にカンボジアを訪れ、対人地雷の現実を知った鬼丸昌也さん（35）は、２００１年、地雷除去と地雷で足を失った人たちを支援するＮＰＯ法人「テラ・ルネッサンス」を仲間と立ち上げた。

その３年後、アフリカの少年兵の存在を知って衝撃を受け、活動の場をアフリカにまで広げた。現地調査を開始した。ウガンダやコンゴで元少年兵から話を聞いた。名前、年齢、出身地、そして何人殺したか、など。

「過酷な体験をした子に、その体験を思い出させるような質問を本来はすべきではありません。でも、このときだけは聞きました。それは日本の皆さんに伝えるためです」と鬼丸さん。そしてこう続ける。「問題は、みんなが問題だと思わない限り問題になりません。だから伝えるための情報が必要だったんです」

元少年兵は誰一人として自分たちが何のために戦っているのか知らなかった。戦う理由は一つしかなかった。世界中で使われているパソコンやスマートフォン、ゲーム機などの電子機器に欠かせない希少金属（レアメタル）、あるいは金やプラチナ、ダイヤをめぐる奪い合いだ。

鬼丸さんは全国各地で講演活動をして、私たちの生活とアフリカがいかにつながっているかを訴え、元少年兵の社会復帰をサポートする「テラ・ルネッサンス」への支援を呼び掛けている。

鬼丸さんは、『風に立つライオン』を観て、心が震えた。映画は自分たちが訴えてきた現実を強いインパクトで伝えていた。

先日、鬼丸さんからメールをもらった。

「あの映画の中で描かれている傷ついた元少年兵たちの姿は、私たちがウガンダ北部やコンゴ東部で出会った元少年兵たちそのものでした。世界には確認されているだけで25万人もの18歳未満の少年兵がいます。彼らが兵士として戦わされている現実を、この映画は多くの人に伝えています。映画を観終わった後、心に残るのはささやかだけど力強く『現実と向き合う勇気』です。多くの人にこの映画が届きますように心から願います」

かつて、たくさんの日本人がアフリカに渡り、支援活動をしてきたし、今もしている。その中でただ一人、柴田さんがさだまさしさんと出会った。その出会いから42年の歳月を経て、この映画は生まれた。

この映画が世界中の劇場で上映され、世界の流れが少年兵の救出に向かっていくようになることを強く願う。

無言で平和を訴えてくる美術館

長野県上田市にある「無言館」を知ったのは、倉本聰作・演出のお芝居『歸國』を観たのがきっかけだった。太平洋戦争で戦死した日本兵が亡霊となって戻ってきて、自分たちが命を賭けて守った日本がどんな国になっているのかを見て回るという話である。

画家を目指していた青年が出征前に妻の裸身を描く回想シーンが強く印象に残っている。「私を描いてください」と夫に頼み、妻役の女優は舞台で服を脱いだ。翌朝、青年は出征し、帰らぬ人となった。

亡霊の青年はその妻のところに行こうとするが、ガイド役の亡霊から「奥さんも空襲で亡くなりました」と知らされた。そして、「あの絵は戦死した画学生の作品を集めた『無言館』という、信州の小さな美術館に展示されています」と告げられた。

彼は66年ぶりに絵の中の妻と再会した。一緒にいた亡霊の上官が「美しい人だ」と言った。

その「無言館」に行った。浅間山や千曲川が見渡せる山王山《さんのうやま》という小高い山の頂上に「無言館」は建っていた。創立者は、その近くにある「信濃デッサン館」という美術館の館長・窪島誠一郎さんだ。

「信濃デッサン館」には、大正時代や戦争中に若くして病気などで亡くなった、名もない画家たちの絵が展示されている。すべて窪島さんが働きながら貯めたお金で買い集めたものだという。


平成7年、窪島さん主催のイベントにゲストとして洋画家・野見山暁治《ぎょうじ》さんが招かれた。「無言館」はここから始まった。

野見山さんは東京美術学校（現在の東京芸大）を繰り上げ卒業後、すぐに戦争に招集された。しかし戦地で病気になり、陸軍病院に入院。病床の中で終戦を迎えた。

その後、美術学校時代の友人たちの大半が戦死したことを知った。

「自分がのんびり寝ていたとき、たくさんの仲間が戦地で死んでいったかと思うと自分がとんでもない悪人に思えてくる」

野見山さんは戦後50年経っても消えない苦しい胸の内を窪島さんに話した。

そして、こうつぶやいた。「死んだ仲間たちはみんな絵描きになりたかったんだ。彼らが生前に描いた絵を集めた美術館をつくってみたいなぁ」

しかし、彼らの両親はもう亡くなっているだろうし、兄弟が生きているとしてもかなりの高齢である。はたして戦死した人の絵など残っているだろうか。残っていたとしてもかなりの損傷があるはずだ。そんな絵を展示する美術館なんて…。

窪島さんは「無理だ」と思った。ところが、何かに突き動かされたように言葉が出た。「まだ50年です。今なら間に合うかもしれません。一緒にご遺族の家を訪ねて、残っている絵を探しましょう」

こうして戦没画学生の絵を求めて全国行脚の旅が始まった。そのときの苦労話は窪島さんの著書『無言館への旅』や『無言館ものがたり』に譲るとして、思いのほか、絵は集まった。絵だけが戦死した夫や兄、弟の生きた証だと、お守りのように保管されていた。「遺品の行き先が見つかった」と、遺族は喜んで窪島さんに絵を差し出した。

宮崎県延岡市出身の興梠武さんの『編み物をする婦人』は、義妹の桂子さんが保管していた。かなり傷んではいたが、それがまた絵の品格を高めていた。

鹿児島県種子島の日高安典さんの絵は恋人だった女性の裸婦像だった。出征する日の朝、沿道では近所の人たちが日の丸の小旗を手に、安典さんが家から出てくるのを待っていた。それでも「あと10分、あと5分」と言いながら、最後の最後まで絵筆を動かしていたそうだ。

窪島さんは絵を集めながら、そんな話をたくさん聞き、絵の横に書き添えた。

建設費は寄付を募り、足りない分は地元の銀行が出資を願い出た。「これは踏み倒されても誇りになる融資です」。頭取の言葉に窪島さんは目頭を熱くした。

鹿児島県の知覧特攻平和会館で見た若者たちの決死の遺書とは対照的に、「無言館」には、平和への祈りが込められた何も語らない絵が、ひっそりと展示されている。

若者の未来と南阿蘇村を繋ぎたい

熊本県南阿蘇村にある東海大学阿蘇キャンパス。つい最近まで約１０００人の学生が学んでいた。そのうちの約８００人が全国各地からやってきた学生たちだ。彼らは皆、村内に設けられたアパートに住んでいた。２階建てのそれは約50棟ほど建っていて、その地域は「学生村」と呼ばれていた。

小さな地震が断続的に起こるようになったのは２０１５年の４月12日頃からだった。学生たちは何となく不安な日々を送っていた。

最初の大きな地震は４月14日の21時過ぎに起きた。震度６強だった。その地震に「学生村」は何とか持ちこたえた。

親元を離れ、見知らぬ土地で、しかも阿蘇山の麓という、ほとんど都市機能のない地域で暮らしていた彼らは、震度6強の地震の後、1人で夜を過ごすことが心細かったようで、15日の夜は灯りのついた部屋から学生たちのおしゃべりが深夜まで漏れていた。

2年生の相戸健志《あいとけんじ》（20）さんも、その夜は別のアパートの2階に住む先輩に呼ばれて一緒に食事をし、おしゃべりをしていた。その間も小さな揺れが何度もあった。23時を過ぎた頃、そろそろ自分の部屋に戻ろうとしたとき、先輩の「もう帰るのか」という言葉が切なく聞こえた。

健志さんの部屋は1階にあった。部屋に戻ってもなかなか横になれなかった。そして時計の針は午前1時を回った。突然ただならぬ揺れが襲ってきた。咄嗟に壁とベッドの間に入り込んだ。次の瞬間、爆音と共に天井が落ちてきた。

やがて静寂が訪れた。一瞬で何も見えなくなった。暗闇の中、握りしめていたスマホのライト機能を頼りに周囲を照らした。わずかな空間に命拾いをしたことを確認した。しかし、スマホは「圏外」の表示になった。

しばらくすると2階の学生たちだろうか、外から1階住人の安否を尋ねる声が聞こえてきた。健志さんは大きな声を発して自分の生存を訴えた。ほとんどのアパートで1階の壁と天井が崩落し、2階の部屋が1階を押しつぶしていた。その2階部分と地上のわずかな隙間に1階に住んでいたたくさんの学生たちが閉じ込められた。

あっちからもこっちからも瓦礫の中から声がしていた。外にいる学生がそれを確認し、「○○も無事だ。お前も頑張れ」と暗闇の中で伝え合った。

「自分だけじゃない。みんな頑張っている」、身動きできない学生たちは外から聞こえてくる学友の声に励まされながら救助を待った。

しかし、今度いつまた大きな地震が来るか分からないし、暗闇の中でもある。救助作業はできなかった。狭い空間の中でスマホに遺書を打ち込んだ学生もいたそうだ。

レスキュー隊による救助作業が始まったのは、夜が明けてからだった。地震から7時間後の午前8時半頃、健志さんは救出された。

一方、16日未明の地震以来、息子と連絡が取れなくなっていた母親の晴子さんは一睡もできず、生きている心地がしなかった。このまま家にいても仕方がないと、仕事に向かった。「息子さんの生存が確認されました」と一報が届いたのは朝9時過ぎだった。アパートの大家さんの娘さんからだった。職場の廊下にへたり込んだ途端、堰を切ったように涙が溢れた。

さて、健志さんには素敵な絵を描く才能がある。先日、彼から絵を見せてもらって驚嘆した。彼に「この絵をポストカードにして販売し、その売上を今までお世話になった南阿蘇村に寄付したらどうだろう」と話したら、乗ってきた。

約800人の学生を受け入れていた大家さんたちは、農業をしながら、賄い付きのアパートを経営していた。家族のような温かい関係があった。しかし、アパートは壊滅し、大学の再建ができなくなれば、学生はもう村に戻ってこない。

せめてもの村への恩返しにと、健志さんは絵を描き始めた。

半年後、ポストカードは120万を売り上げ、南阿蘇村に全額寄付することができた。

学校があったことを誇りに思う

「今日からこの学校は君たちの母校になります。『母』という言葉が付いているように、この学校は君たちを育んできました。生きていくために必要な知識を教え、バランスの取れた栄養を与えてくれました。親身になって君たちの将来を考えてくれる先生もいました。そしていい友だちと出会えました。こんなステキなところはほかにありません。つらいことがあったら、ぜひこの学校に帰ってきて、運動場で遊んでください」

小学校のPTA会長をしていた頃、卒業式の祝辞でこんなメッセージを贈ったことを、『ここに学校があった～第二編』のページをめくりながら、思い出した。

と同時に、自分の母校に置いてきたいろんな思い出が蘇ってきた。そして、時代の波に呑まれて、たくさんの「母校」がなくなった現実を知った。

『ここに学校があった〜第二編』は、宮崎県教職員互助会が15年ぶりに刊行したものである。第一編は、昭和22年から平成6年度末までに統合・閉校になった193の小中高等学校の写真と記録が収められている。その多くは廃墟と化していたり、跡地は草が生い茂っていたりしていた。また、かつて学校があったことを示す石碑だけの写真もあった。

今回の第二編では、平成7年から25年度末までに閉校した79校が掲載されていて、その多くが公民館や福祉施設など、公共施設として活用されていた。79校の中に、青春時代を過ごした県立延岡西高校の名前もあった。卒業して何十年も思い出すことはなかったが、写真を見た途端、一瞬にタイムスリップし、いろんな思い出がスライドショーのように瞼に浮かんできた。

校舎は今、支援学校として再利用されているが、星のマークの校章が入った女子のセーラー服はもう二度と街角で見ることはできないんだと思い知らされた。

いとこの娘・あすみちゃんが通っていた北方町立三椪《みはえ》小学校の名前もあった。あすみちゃんが入学したのは平成24年。新入生は彼女1人だった。お母さんは「学級のPTAの役割が全部私に回ってきた」と苦笑していた。そのまま子どもが進級すると自動的にＰＴＡ会長になりそうだった。

三椪小学校は平成26年昨年春に閉校になり、お母さんのＰＴＡ会長への道は回避された。あすみちゃんは車で30分ほどのところにある小中一貫校の４年生になった。

数年前、この小学校の児童が、「一生懸命勉強して将来は三椪小学校の先生になる」と、地元紙の読者欄に投稿していた。そのことを元宮崎県教育長の笹山竹義さんが同書への寄稿文に書いていた。なぜ母校の先生になりたいのか。理由が三つ書かれていた。

第一に、木々の芽吹き、清流、紅葉、雪景色と、四季折々の自然が美しいから。第二に、子どもが好きだから。第三に、学校のシンボル、たくましいセンダンの木をいつまでも見たいから。しかし、彼の夢を叶えさせてあげることはもうできない。

戦後、閉校した公立学校約２７０校のうち、明治時代に創立された学校が95校あった。そのほとんどが山間部に集中している。当時の大人たちは、１００年後の日本を展望して、全国津々浦々、子どもがいれば、そこに学校をつくったのだ。教育は子どもたちにも、親たちにも、夢と希望を与え続けてきたに違いない。

しかし皮肉なことに教育を授ければ授けるほど、子どもたちは大きな夢を抱いて、地方から出て行った。また、教育水準が高くなればなるほど国は栄え、国民は富んだが、少子化も進んだ。それでも、教育を授けたこと、受けたことを後悔している人はいない。ならば過疎化や少子化を嘆いても仕方がない。

これから100年、教育が向かうべき矛先は、故郷の自然と文化を守る子どもたちを育てることではないだろうか。全国津々浦々、どこに住んでいても幸せに生きていける国をつくることではないだろうか。

「ここに学校があった」ことを誇りに思える時代を築くことが、先人への恩返しになると思う。

かつひろくん、あんどうせんせいだよ

一枚の写真がある。

坊主頭の少年が満面の笑顔でブランコに乗っている。左右の手はしっかりとブランコの綱を握っている。昭和60年頃に撮られたものらしい。少年の名前は勝弘君といった。教育哲学者・林竹二著作集8『運命としての学校』に、その写真はあった。

勝弘君は、当時福島県立須賀川養護学校の児童だった。肢体不自由や病弱のために普通学校に通えない子どもたちが学ぶ学校だが、勝弘君はその学校にすら通えない重症心身障害児だった。養護学校に隣接した国立診療所内にある「わかくさ病棟」に彼はいた。

養護学校「重心訪問部」の先生たちは、毎日その病棟に通い、子どもたちに「教育」を施すのだ。

安藤哲夫先生が須賀川養護学校に赴任してきて、最初に「わかくさ病棟」を訪れたとき、勝弘君の姿が目に飛び込んできた。毛布にくるまれてベッドの上に置かれていた。「人間とは思えなかった」と安藤先生は当時を振り返る。

在院8年、年齢は9歳3か月と聞かされた。勝弘君は重い脳性まひの子どもだった。また、両眼球形成不全症で片方の目には瞳孔がなかった。さらに高度の難聴で、どんな音にも反応せず、言葉を発することもできない。そして歩行不能という五重の重い障がいを一身に背負って生きていた。

「自分から動くことはなく、親や職員にも何の反応も示さず、本能的に食べて排泄し、ただ生きているだけです」と病棟の指導員から説明を受けた。

「教師として何ができるというのか」。安藤先生は、勝弘君の触れれば折れそうな細い手を握って自分の頬に当て、自分の手を勝弘君の頬に当てた。そして覆いかぶさるようにして勝弘君の耳元に口を近づけ、「かつひろくん、あんどうせんせいだよ」とあいさつした。

「耳は全く聞こえていません」と医者から聞いていたが、毎日10分、20分の時間を割いて、安藤先生は勝弘君の部屋を訪れ、声を掛け続けた。その日課は1日も欠かすことはなかった。

1か月、2か月、何の反応もなかった。3か月目になろうとする頃、いつものように「かつひろくん、あんどうせんせいだよ」と言うと、勝弘君がかすかに笑った。蒼白く、何の表情もなかった顔が、ほんの一瞬、動いた。唇と頬が確かに動いたのだ。

それまで自ら動くことをしなかった勝弘君だったが、安藤先生が軽く介助をすると寝返りが打てるようになった。といっても、「軽く介助すれば寝返りが打てる」ようになるまで2年4か月の歳月を要した。冒頭に紹介したブランコの写真は、勝弘君への「教育」が始まって6年11か月目に撮影されたものだそうだ。

もう一枚、写真がある。勝弘君はいつもの寝間着姿ではなく、ちょっとおしゃれな上下のジャージに着替え、胸にリボンの徽章《きしょう》を付けている。寝たきりだったのに、しっかりと座っている。そして両手で卒業証書の入った紙筒を握っている。ブランコの写真から1か月後、彼は小学部を卒業したのだ。

林さんは言う。「子どもはみんなかけがえのない宝をどこかにしまいこんでいる。むしろ隠している。教師の仕事は、あらゆる手を尽くしてそれを探し出し、掘り起こすことなのだ」と。

かつて林さんは「教育とは、未成熟な生命の心身にわたる成長、すなわち自立を助ける仕事だ」と言っていたが、自立が望めない勝弘君と、彼を懸命に介助する安藤先生の「教育」を知って、「不用意な発言だった」と自省している。

「声を掛ける」、ただそれだけ。声を掛けても何の反応もない。それでもいい。それが「教育」の基本であり、原点であることを、安藤先生も、教育哲学者の林さんも勝弘君から学んだ。

林さんは、安藤先生たち「重心訪問部」の先生たちのことをこう語っている。

「彼らほど、たくさんの大事なことを子どもから学ばせてもらった幸せな教師はあまりいないのではないだろうか」と。

○参考文献『学びつづける教師に』（佐久間勝彦／著・一茎書房）

何となく前を向いている感じがする

その短い作文には感謝の気持ちが綴られていた。書いたのは岩手県大槌町《おおつちちょう》に住む小学5年生の岩間壮太君だ。

彼が未曽有の大震災に遭遇したのはまだ保育園児のときだった。ただならぬ大きな揺れの後、おじいちゃんとおばあちゃんが迎えにきた。何がなんだか分からないまま連れてこられた高台の避難所から、津波に流されていくたくさんの家々が見えた。祖父母にしがみついて泣いた。壮太君の家は流されたが、家族は難を逃れた。一関市の親戚の家に3か月間お世話になった後、釜石市のアパートに2年半住み、その後ふるさとの大槌町に戻った。

震災から5年後、10歳になった壮太君はその作文の最後に二つの決意を書き添えた。一つは感謝と礼儀を忘れないで生きていき、自分の体験を次の世代に伝えていくということ。

もう一つは将来大工になって多くの人が安心して住める家を建ててあげたいということ。

彼の作文は政府が昨年実施した「わたしたちのふるさと、10年先の物語～東北を元気にする作文短編映画化プロジェクト」で最優秀賞を受賞した。

壮太君の作文に想像を膨らませ、夢を乗せて10年後にタイムスリップさせた映画の撮影が、彼のふるさと大槌町で始まった。完成した映画が、岩間壮太原作『未来のカケラ』である。

映画は、住宅の建築現場から始まる。そこに大工になってまだ日が浅い20歳の壮太がいる。彼の家は10年前の震災で津波にのまれた。友だちの一樹と2人で作った秘密基地も粉々になった。

震災後、2人は秘密基地があった場所にカケラを探しにいく。そこで秘密基地の「扉の取っ手」を見つける。

その後、父親を亡くした一樹は遠くへ引っ越してしまう。別れの日、壮太は彼に約束する。「俺は将来、大工になってお前の家を建ててやる」と。

そして10年後、あの秘密基地の「カケラ」が2人を結びつけるという物語である。

この15分の短編映画はネット上の動画サイトで公開されているのでご覧になった人もいるかもしれない。同時に映画の舞台裏を記録したメイキング映像も観ることができる。

その中で主役の「壮太」を演じた須賀健太という俳優がこんなことを言っていた。ロケの合間に現地の人たちと交流した直後の言葉だ。

「さっきおばあちゃんたちと話をしたんですけど、あんな大変なことを経験したのに、悲しそうにしゃべらないんですよ。それってすごいことだと思うんですよね」

「この町の人たちって津波に対してあんまりつらい言い方をしないというか、『大変だったんだよねぇ～』とは言うんだけど、『でも忘れない』と言う。その言い方が前を向いている感じがするんですよ。その前の向き方がこの映画そのものなんだなぁって思うんです」

そして、最後にこう言った。

「人を好きになる、ここにいると。それって大事なことだなぁって思います」

ロケで大槌町に滞在したわずか3日間の間に感じた心境を、こんな味のある言葉で表現していたこの青年の感性に驚いた。

彼の顔に見覚えがあった。ネットで「須賀健太」のプロフィールを覗いてみた。10年前、2006年の日本アカデミー賞を総なめにした『ALWAYS　三丁目の夕日』という映画に出演していた。親に捨てられ、売れない作家・茶川竜之介が面倒を見ることになる10歳の少年「淳之介」を演じていたのが彼だった。10年経って、彼もまた立派な大人に成長していた。

岩間壮太君の作文のタイトルは『震災から4年と半年～感謝を忘れない』だった。忘れてはいけないのは「感謝」、この壮太君の言い方も、何となく前を向いている感じがした。

あのとき、きっと先生が守ってくれた

教師を対象に講演をする時、よくこの三つの話をする。

一つ目は、1984年の「ワープロ贈収賄事件」である。それは、関西のとある国立大学で起きた。業者が大学の事務長に賄賂を渡してワープロの大量購入を持ちかけたのだ。「予算は文部省が握っている」と事務長が言うと、業者は文部省の担当課長にまで賄賂を渡して、そのプロジェクトを成功させた。

しかし、事件は発覚した。文部省、国立大学を巻き込んだ大がかりなこの贈収賄事件をマスコミは大きく報じた。逮捕された文部省の課長はあっさりと200万円の収賄を認めた。しかし大阪地検は、「少なく見積もっても1000万円は受け取っている」と確信していた。拷問のような激しい取り調べが連日連夜続けた。担当した検事は田中森一氏だった。

2週間後、精神も肉体も疲れ果てた文部省の課長はついに折れた。「すべてを話して、私は死にます」と。課長の口が堅かったのはお金を若い男に貢いでいたからだった。彼は同性愛者だったのだ。当時は偏見の強い時代だった。「このことが裁判で公になると自分も家族も生きていけない」と泣き崩れた。

田中検事は「この男は本当に自殺するかもしれない。何とかこの男を救いたい」と思った。そこで「女性問題なら世間でよくある話だ」と、「男」を「女」にすり替え、嘘の供述書を作成し裁判所に提出した。このことが内部告発で明るみになったら罪に問われる。田中検事は検事生命を懸けた。そして文部省官僚のカネと女のスキャンダルはマスコミの恰好の標的になった。

二つ目は、1968年に東京・府中市で起きた「3億円強奪事件」。警視庁は犯人を土地勘のある若い男と断定した。そして多摩地区在住の20代男性、約20万人を1人ひとり調べた。1年後、「26歳の運転手Aが重要参考人として警察に拘束」と報道された。

その翌日、Aの逮捕を受けて、マスコミは「A」を「草野信弘」と敬称なしの実名で報道した。顔写真も掲載され、中学・高校時代、勤め先、近隣住民の声など、彼の過去と現在が白日の下にさらされた。逮捕の理由は犯行当日の彼のアリバイがなかった、ただそれだけだった。

ところが翌日、彼の事件当日のアリバイを証言する人が現れた。誤認逮捕だった。本来ならここで「よかったね」となるところだが、3日間の報道で草野さんの人生は狂ってしまった。会社は解雇、兄弟の縁談は破談、本人はうつ病になった。「このままだと共倒れになる」と、妻と離婚した。その後、元妻はくも膜下出血で死亡。行方不明になっていた草野さんは2008年に遺体で見つかった。自殺だった。

三つ目は、2005年の「姉歯事件」である。耐震強度を偽装したとして一級建築士の姉歯氏は連日マスコミに叩かれていた。

「国の基準自体が厳しいんです。計算上、私の設計した建物は震度7や8にも十分耐えられるはずです」と姉歯氏は主張した。それが「開き直っている。反省していない」とマスコミをさらに刺激し、バッシング報道は過熱した。

さらに「姉歯はカツラだ」「愛人にマンションを買い与えた」「妻は高級ブランドを買い漁り、ホストクラブで豪遊している」と言い出すマスコミも出てきた。

結局、姉歯氏は逮捕。事件前から精神的に病んでいて、精神科に通院していた妻は自ら命を絶った。そして、「カツラ」以外はすべて虚偽報道だったことも分かった。

6年後、東日本大震災が関東圏を襲った。そのとき、姉歯氏が設計したビルはすべてビクともせず、ヒビ一つ入らなかった。しかし、そのことを報道したマスコミはなかった。

さて、ここからが本題。あの文部省の課長にも、誤認逮捕された草野さんにも、そして姉歯氏にも、当時小、中学生の子どもがいた。だが、親は子どもを守れるような状況ではなかった。

ここからは想像だが、あのとき、親に代わって事件の渦中にいた子どもを必死に守った先生がいた。休みの日も子どもの心に寄り添った担任の先生や、学校をあげて子どもを守ろうと指揮を取った校長が絶対いた。

家庭が、その機能を果たせなくなったとき、犠牲になるのはいつも子どもだ。そういう子どもたちにこそ、本来の力を発揮する先生がこの国にはいる。そう信じたい。

「生かされた」と意識して生きてみる

「生かされた者として、顔を上げ、思いやりの気持ちを持ち、強く正しくたくましく、苦境にあっても天を恨まず、運命に耐え、助け合って生きていきます」

宮城県階上《はしがみ》中学校、当時3年生だった梶原裕太くんは卒業式の答辞でこう述べていた。

2011年3月22日のことである。

式は12日の予定だったが、前日に起きた大震災のため10日ずらしての式となった。たくさんの犠牲者が出た中で彼は自らを「生かされた者」と自覚して今後の人生を歩んでいく決意を述べたのであった。

「生かされた」ということに気付いたとき、人は無念の死を遂げていった多くの人たちの分まで生きようという思いになる。

多くの友を戦争で亡くした作家の山崎豊子さんも「生き残った者」という自覚のもと、小説を書いてきた。

「私の心中を貫いているのは学徒動員で散っていった友人たちです。生き残った者として何をなすべきかという想いで書いています」と。（文藝春秋文化講演会ＣＤより）

山崎さんが女子挺身隊として軍需工場に動員されたのは太平洋戦争末期の１９４５年、大学2年生の時だった。仲のよかった友だちは別の工場に動員され、その後、空襲で亡くなった。男子学生の多くは特攻機に乗って南方の海に散った。

「みんな21歳でした。その後、戦争三部作を書き上げましたけど、『生き残った者』という想いが私をして書かしめたのだと思います」（同）

戦争三部作とは、戦争中は関東軍の大本営参謀で、戦後はシベリアに抑留され、帰還後は商社マンとして戦後復興に多大な足跡を残した男をモデルにした『不毛地帯』、太平洋戦争によって日米双方から人生を阻まれていく日系アメリカ人の苦悩を描いた『二つの祖国』、そして中国残留孤児・陸一心（ルー・イーシン）の波乱万丈の半生を描いた『大地の子』

である。

中でも戦後半世紀以上を過ぎてもなお多くの禍根を残している中国残留孤児に山崎さんは特別な想いを抱いていた。中国といっても、そこは日露戦争の戦場となった「満州」である。日露戦争に勝利して勢いづいた大日本帝国は、満州を我が物のように支配した。


その広大な土地は魅力的だった。政府は1937年から20年かけて500万人の日本人移民をつくるという壮大な計画のもと、「大陸開拓／ひらけ新天地」と銘打って、全国津々浦々、貧しい農民を煽って満州行きの片道切符を渡していった。


途中で時代が大きくカーブしたのはご承知の通り。世界規模の戦争に日本も巻き込まれていった。移民団の男たちも徴兵され、残ったのは女、子ども、年寄りだけ。

1945年6月、戦況悪化に伴い、南方戦線の兵力増強と本土防衛に備えるため、満州を事実上支配していた関東軍約80万人が極秘裏に撤退を始めた。

そんな中、同年8月9日、ソ連軍が突如、日ソ中立条約を破って満州に侵攻した。

関東軍を乗せた最後の列車が満州から撤退する際、ソ連の追撃をかわすため、橋や道路を爆破した。そのため開拓民は道なき道を逃げるしかなかった。ソ連軍に見つかったら最後、凄まじい強姦、暴行、略奪に襲われた。幼子を連れての逃避行は困難を極めた。若い母親は子どもを心ある中国人に託すしかなかった。こうしてものすごい数の残留孤児が生まれた。

日本政府が残留孤児の肉親探しを開始したのは１９８１年、日中国交が回復した１９７２年から９年後という、その遅さに山崎さんは憤慨していた。

帰国を果たした孤児は約２６００人。すでに中高年となり、日本語ができない彼らの約８割が生活保護を受けていた。そして、その子どもたちが経済的な理由で進学を諦めているという現実を知った山崎さんは、『大地の子』の印税をすべて投じて、孤児２世、３世への学資援助をする財団をつくった。

この時、山崎さん69歳、あの答辞を読んだ中学生は15歳。「生かされた」「生き残った」、そう気付くと、人は何かに突き動かされたように生きていくのだろう。「今生きている」、これ以上に素敵なことはない。

戦前の日本を懐かしむ「懐日家」

「知日家」とは、日本のことに深い理解を持っている外国人のことをいい、「親日家」といえば、日本に対して好意的な気持ちを持った外国人のことをいう。それに対して台湾で「懐日《かいにち》」という言葉を知った。戦前の日本を懐かしむ人たちのことだ。彼らは「知日」であり、「親日」である。

和ごころ塾が主催する台湾ツアーは、一般の台湾旅行と違って「ニッポン再発見の旅」という色合いが実に濃い。

まず向かったのは通称「八田ダム」といわれている烏山頭《うさんとう》ダム。かつて洪水と干ばつを繰り返すこの嘉南平野一帯は、農業には不向きな土地だった。そこに戦前、八田與一という日本人技師が巨大なダムを造り、世界最大級の水路を張り巡らせ、数百万人の暮らしを支えた。

その功績を称え、地元の人たちは、彼の銅像を建てた。戦時中、武器生産に必要な金属不足を補うため、「金属類回収令」が発布された。台湾総督だった児玉源太郎の銅像や各小学校にあった二宮金次郎の銅像が次々に溶かされていく中、八田氏の銅像は地元の人たちが隠していて、溶炉行きを免れた。

八田氏没後73年経ってもなお、彼の名前を知らない台湾人は一人もいないと言われている。


2日目には、日本人兵士を神様として祀《まつ》っている廟《びょう》を訪れた。

戦時中、台南上空に来襲した米軍機を日本軍の戦闘機が迎え撃つも、次々に撃墜された。そのうちの一機が民家が並ぶ村に墜落しそうになった。戦闘機は機首を上げながら飛行を続け、人気のない畑に落ちた。一部始終を見ていた人たちは「あの軍人は村を戦火から守った」と、戦死した兵士を丁重に葬った。

後に、操縦していたのは茨城県出身の杉浦茂峰氏と判明した。地元の人たちはお金を出し合って廟を建設。杉浦氏は「飛虎《ひこ》将軍」と命名され祀られた。

信じられないかもしれないが、地元の人たちは今も毎朝、廟の前に集まって『君が代』、夕方には『海ゆかば』を歌っている。

3日目に、「台湾歌壇」の代表を務める蔡焜燦《さいこんさい》さん（88）の講演があった。「懐日」は、蔡さんの口から出た言葉である。終戦で日本の台湾統治が終わり、代わって大陸から中華民国の軍隊が入ってきた。この統治がひどかった。軍人と警察は権力を振りかざし、台湾人を家畜のように扱った。賄賂や暴力は日常茶飯事。軍による戒厳令は戦後40年も続いた。3人集まるだけで「集会」と見なされ検挙された。

だから戦前・戦中を知る台湾人は「日本時代がよかった」と過去を懐かしむ。「日本統治時代」とは言わない。「好きな歌は何ですか？」という質問にさらさらと口から歌が出てきた。「山を見よ山に日は照る海を見よ海に日は照るいざ唇《しん》を君」、若山牧水の歌だった。

最終日に、『日本人はとても素敵だった』の著者・楊素秋《ようそしゅう》さん（83）の話を聴いた。小学生の頃、隣の町に行くとき、よくヒッチハイクをしていた。手を上げると日本軍のトラックは必ず止まってくれて乗せてくれた。父親がそのことを知ったときは、「日本軍のトラックなら大丈夫だ」と言った。日本軍はそんな存在だった。

小学6年のとき、隣町の女学校を受験するために列車に乗った。すし詰め状態だった。戸口のステップに立っていた日本の兵隊が1人分の隙間を開け、乗せてくれた。楊さんはステップに立ち、鉄の棒にしがみつきながら列車に揺られた。

ところが鉄橋に差し掛かったとき、ゴーッというものすごい音と突風に楊さんは気を失った。気が付いたらおばさんの膝の上だった。楊さんが列車から落ちる寸前に、あの兵隊が彼女の身体を掴まえたと聞いた。

楊さんは兵隊にお礼を言い、名前を聞こうとしたが、「子どものくせに」と笑い飛ばされた。「あのとき、名前を聞いていれば…。もう一度会ってお礼を言いたい」と楊さん。日本語で本を出版したのは、その人が本を読んで連絡してくれることを期待してのことだという。

蔡さんも、楊さんも、同じようなメッセージを我々にくれた。「もっと日本を誇りに思ってください」と。

激しい思いはいつか温かい言葉に

平成5年から4年間、渡辺邦子さんは京都市立日野小学校でＰＴＡ会長をしていた。彼女の、常に積極的な活躍がＰＴＡ本部の目に留まり、最後の2年間は京都市小学校ＰＴＡ連絡協議会の役員も兼務した。

子どもが高校生になった平成12年、渡辺さんは、あることに突き動かされ、高校のＰＴＡ会長になった。渡辺さんを突き動かしたもの、それはその前年に、かつてＰＴＡ会長を務めていた日野小学校で起きた殺人事件だった。

校庭で遊んでいた児童の1人が、外から入ってきた男に突然包丁で切りつけられ、命を落としたのだ。学校は本来、安全・安心な場所でなければならない。さらに楽しくて、1人ひとりのいのちが輝く場所でなければならない。

渡辺さんは「そのために今自分にできること」として、PTA活動に奔走した。また一PTA会長にとどまらず、後に府立高校PTA連合会の会長になった。

その後、まちづくりの市民活動に動き出した渡辺さんは、自民党京都府連の関係者の目に留まり、京都府議会補欠選挙の候補者に推された。

その面接の日にちを聞いて身体が震えた。12月21日、それは6年前（平成11年）に起きたあの忌々しい事件の日だった。自らの運命と使命を強く感じた。

「二度とあんな事件が起きてはならない。自分たちの手で安全で安心なまちをつくりたい」という一念で引き受けた。

親友の藤尾まさよさんに相談に行った。早速選挙用パンフレットの写真を撮ろうという話になった。藤尾さんは、自分の黄色いジャケットを持ってきて、「これを着な」と貸してくれた。平成18年のその選挙に渡辺さんは見事初当選した。

藤尾さんは祇園のママだった。若い頃に働いていた店で、その店のママに一から十まで教えてもらった。独立して店を出すときも、ママは激励して送り出してくれた。

藤尾さんの店はすぐに繁盛店になった。

ある日、1人の常連客がやってきて藤尾さんに言った。「あんたが昔いた店のママがえらいこと言うとるで」。そのママが、藤尾さんの店の常連客を1人ひとり呼び出して、こんなことを言っているというのである。

「あの店のママは同和地区の出身やで。そんな人たちがたくさん来る店や。あんな店に出入りしとったら、そのうちえらい目に遭うで」

その常連客はこの話を聞いて激怒し、藤尾さんに伝えに来たのだった。確かに最近、常連客の来店が少なくなっていた。そのことを不思議に思っていたが、その理由が分かった。

かつてお世話になったママの心ない言葉。幼い頃から受けてきた差別がまたも人生に立ちはだかった。悔しくて悲しくて何か月も泣き続けた。幼い息子の世話もできなくなるほど落ち込んだ。そんな藤尾さんの背中を押したのは息子の涙だった。「いつまでもうちが泣いてたらあかん」と思った。

藤尾さんは奮起した。それまでの小さな店をたたみ、昔お世話になった店と同じ規模の店を、祇園の一等地に出した。昔いた店は基本単価が5000円だった。独立したとき、藤尾さんは4000円に設定してやってきたが、それを同じ5000円に上げた。女の意地だった。

そして開店の日、藤尾さんは自分の運命を自分で切り拓く決意をして店に立った。その日のために買ったのが、あの黄色いジャケットだった。

先週、京都での飲み会で藤尾さんがこの話をした。隣にいた渡辺さんが「そんな思いがこもったジャケットとは知らんかった」と言った。藤尾さんも「この話、今初めて人に言うたわ」と笑った。

人は誰かに語りたくても語れない悔しい思いやつらい思いを持っているものである。その「思い」は言葉になるそのときまでじっと温められている。だからそれが言葉になったとき、心に沁みてくる。

人生の流れに身を任せるのは如何？

公益財団法人「修養団」伊勢道場で長年道場長をされていた中山靖雄先生にお会いしたいと思っていながら、最後までそれは叶わなかった。中山先生はよく「表と裏と裏の裏を考えないといけません」とおっしゃっていたそうだ。どういうことかというと、「表」というのは意識で確認できること。たとえば、今の仕事は自分がやりたいと思ってやっている。あるいは自分の意志でやっている。そういう世界のこと。

「裏」というのは、やりたいと切望しているのにさまざまな壁に阻まれてできず、その原因は自分の意識では確認できない。そういう世界のこと。

「裏の裏」とは、自分としてはやりたいわけではないのに不思議なご縁でやることになったり、人から頼まれたことを引き受けてやっている。というよりさせられているという感覚の世界のこと。

この話をある人から聞いて、これはもしかしたら日頃耳にする、あの独特な日本語表現と関係があるのではないかと思った。たとえば、イベントなどの司会者がよくこんなことを言うのを聞いたことがないだろうか。「本日司会をさせていただきます山田と申します」。あるいは自己紹介の時、「現在建築設計の仕事をさせていただいている加藤といいます」

また「本日、○○の件でお電話させていただきました」という営業の電話がかかってきたこともある。テレビのワイドショーでは芸能人が「今○○さんとお付き合いさせていただいています」と言う。

こういう表現は主語があいまいで、何より自分の意志を感じない。日本語の専門家に言わせると、相手を尊敬し、自分を謙遜した「過剰な敬語」らしい。正しくは「司会を担当いたします」とか「設計の仕事をしています」で十分なのだそうだ。

確かに、文法的にはちょっとおかしいかもしれないが、我々日本人はこういう表現にあまり違和感を感じない。

ただ、面白いことに、「昔、暴走族をさせていただいていました」とか「今、不倫をさせていただいています」など、悪事に関してこういう表現は絶対にしない。


そう考えると、中山先生がおっしゃっていた「裏の裏」の世界が脳裏をかすめる。

私たちは、自分の意志を超えたところで、何かに導かれるようにして今の仕事をしていたり、社会的な活動をしていたりする。そう捉えることもできるのではないだろうか。


最近、ヨガと瞑想に人生を捧げていたマイケル・シンガーというアメリカ人実業家の自叙伝『サレンダー』（風雲舎）という本と出会い、衝撃を受けた。「サレンダー」とは「明け渡す」「委ねる」「身を任せる」という意味である。

マイケルは、20代の頃、自分が暮らせるだけの収入を得て、森の中に1人で住んでいた。

彼は自分にとって何が良いことかは自分が一番知っていると思っていた。しかしヨガを極めていけばいくほど、自分の人生を自分以上に知っている存在があることに気付く出来事があり、そこから彼はある「実験」を始めた。

「自分の好き嫌いを手放して、人生の流れに身を委ねたらどうなるだろう」という実験である。たとえば、知人から大学の非常勤講師を頼まれたとき、内なる声は「いやだ。そんなことは絶対したくない」と叫んでいるのに、マイケルは「はい、喜んで」と引き受けてしまった。

そうやって人生の流れに身を委ねる実験をしていった結果、彼の人生はどんどん思わぬ方向に動き出し、30年後にはなんと2000人のスタッフを抱えるコンピュータ会社のCEO（最高経営責任者）になってしまったのだ。

「自分が欲してやるのではなく、向こうからやってきたものを受容する」。一見すると受け身の生き方のように思えるが、これほど挑戦的な生き方はない。

如何だろうか。この「裏の裏」の世界を受容することで人生が好転し、自分の無限の可能性と出会えるかもしれない。しかし、かなりの覚悟が必要だ。

どこかで誰かが見ていてくれる

昭和33年、映画館の観客動員数が史上最高の11億2745万人を記録した。映画は3本立てで上映され、1週間経つと新しい作品と入れ替わった。そのほとんどが時代劇だった。東映の撮影所では、片岡千恵蔵、大川橋蔵、萬屋錦之介などの大スターを主役にした映画が同時進行で撮られていた。

そんな中、それらの大スターを待たせた俳優たちがいた。「斬られ役」である。役名も台詞もない彼らは「大部屋俳優」と呼ばれていた。

千恵蔵扮する「遠山の金さん」にこてんぱんにやられた彼らは、終わると急いで隣のセットに入り、橋蔵扮する「月形半平太」に斬られ、それが終わるとまた別のセットに入って錦之介に斬られる。時代劇の撮影は「斬られ役」が来ないことには始まらなかった。

主役のスターに斬られるのは殺陣《たて》の技を持った人たちで、ほとんどの大部屋俳優たちは江戸の町や京の町の雰囲気を出す「背景の一部」に過ぎなかった。

その大部屋俳優の中に、中学を出たばかりの福本清三さんがいた。

福本さんの大部屋俳優人生は「群衆の一人」から始まった。通行人、物乞い、飛脚、猿回し、飴売り、駕籠かき、何でもやった。合戦シーンでは泥だらけになった。それでも自分がカメラに映るかどうか分かない。台本も渡されないので、何という映画の撮影かも知らない。

大部屋俳優たちは、毎朝撮影所の掲示板を見に行く。その日の役柄が張り出されるのだ。そこに自分の名前がなかったらその日の仕事も日当もない。

ある日、福本さんが掲示板を見にいくと「頭を割られた死体…福本」とあった。なぜこの男が死んだのかは知らなくていい。血だらけのカツラをもらい、汚い着物を着て道端に倒れた。

数年経ってやっと大役が来た。「斬られ役」の先輩が主役に斬られて池に落ちる。その瞬間、先輩と福本さんが入れ替わり、福本さんがドボーンと池に落ちるのだ。

真冬の撮影だった。何度もテストをするのでその度に池に落ちた。本番では歯がカチカチ鳴った。死体として池に浮かぶのだが、全身の震えが止まらなかった。

監督から「こらぁー死体、動くな」と怒鳴られた。


それでも「寒い」とは絶対に言わない。斬られて階段から転げ落ちても平気な顔をする。そうでないと次の役がもらえない。助監督から「次もあいつを使ってみようか」と思われなければならない。


聞き書き作家・小田豊二さんが福本さんの話を聞いてまとめた『どこかで誰かが見ていてくれる』という本の中にこんな言葉があった。

「どんなにつらくても、そのつらさがおもしろかった。安い給料で毎日夜明けまで撮影をしていたけれど、文句を言う奴は1人もいなかった。仕事ってカネじゃないですね。心《しん》から惚れてないとできません」

やがて映画からテレビの時代になった。400人ほどいた大部屋俳優も30人くらいになっ

た。そんな中、福本さんは「斬られ役」として時代劇になくてはならない存在になってい
た。彼独自の海老反りの斬られ方は誰にもまねできなかった。

やがてテレビ局に「あの人は誰ですか」という問い合わせが来るようになった。
そしてついに「生きてエンディングを迎えたことが一度もない俳優」として人気番組『徹子の部屋』に呼ばれた。東映の門をくぐって34年が経っていた。

大部屋俳優人生55年目の２０１３年、東映がとんでもないことを考えた。「福本清三主演の映画を作ろう」と。役柄は、名もない時代劇の斬られ役俳優。まさに福本さんの人生そのものだった。松方弘樹や小林稔侍など大物俳優が福本さんのために脇役として華を添えた。

5万回斬られた男が最後に掴んだ主演の映画『太秦ライムライト』。福本さんはこの映画でカナダのファンタジア国際映画祭の最優秀主演男優賞に輝いた。
やはり生きてエンディングを迎えられなかったが、ラストシーンの斬られ方は、圧巻だった。ぜひＤＶＤでご覧あれ。

地球に住まわせていただいている

熊本地震が発生した3日後、水や食料を車に積んで熊本に行った。

震度7の激震でもしっかり持ちこたえた家もあれば、完全に倒壊していた家もあった。築年数や耐震構造が明暗を分けたと思われる。いずれにしても、余震に対する恐怖心や眠れない夜を過ごす不安感、水やガスのない不自由な生活という点で被災者の気持ちは同じなのだろうが、そんな中で命を落とされた方々のご冥福を祈りたい。

「毎日車の中で寝ています」「お風呂に何日も入ってません」という被災者の声を聞いた。「いっそのこと地震のない地域に避難して知り合いの家にお世話になるという選択肢もあるのではないか」とも思った。もちろん、そういう選択をした人もいるだろうが、多くの人が「今いるところ」で助け合うほうを選んでいる。これもまた日本人の美徳なのだろう。

熊本市内にある友人宅を訪ねると、２階建ての自宅兼店舗が半壊していた。もう住めるような状態ではなかった。そこに1人の男がいた。原付バイクで大阪から24時間かけてやってきたという。

何かできることはないかと熊本市内をバイクで走っていたところ、たまたま半壊したその店の家財が瓦礫のようになって道路を塞いでいた。女主人が1人、なすすべもなく途方に暮れていたので、彼はそこで瓦礫の片づけを手伝っていた。

無口な45歳の男で、１００キロを超える巨体だった。職業は解体屋なのだそうだ。持参した電動ドリルやバールなどの道具を使って、大きな瓦礫を細かくしていた。

彼の指示に従い、瓦礫の中から金属類の分別作業をした。鉄はリサイクルでき、お金になるので専門の業者が回収してくれるそうだ。鉄の中に木片やブロック片が混ざっていると売り物にならないので、しっかり分けるように念を押された。

被災地支援というと、水や食料、生活用品などの支援が必至だ。東京の友人は、「自治体のホームページでボランティアの受け入れをチェックしています」と言っていた。

しかし、あの男のようにとりあえず身一つでやってきて、自分の職業を生かした支援もあるのかと感心した。原付バイクだから救援物資は運べないが、家屋が倒壊した現場で自分は役に立つという自負を持っていた。

さて、最初の地震の2日後、以前取材した元がん患者・工藤房美さんの講演会が東京で開催された。熊本空港から奇跡的に上京できて、何とか講師の役目を果たした。

「自分の身体、自分の細胞に100万回、ありがとうを言ったら、がんが消えた」という話は東京でも衝撃を与えていた。

熊本市内でインド・ネパール料理店を経営している工藤さん。避難所に残してきた2人のネパール人スタッフのことを話し始めると、涙声になった。

彼らはちょうど1年前、8000人の死者を出したネパール大地震を経験していた。

そういえば、今回の熊本地震と同じ日に、南米のエクアドルでもM(マグニチュード)7・8の巨大地震が起き、500人を超える人が亡くなり、今も大変な状況だ。2月に起きた台湾地震もまだ記憶に新しい。

「人生にはまさかの『坂』がある」という。熊本・益城町《ましきまち》の被災者が「まさか自分が住んでいる町でこんな地震が起きるとは…」とニュースで話していたが、自然災害に関しては、まさかの「坂」はない。なぜなら地球は生きているからだ。

だから水もあるし空気もあるし風も吹く。地球の内部は凄まじい熱エネルギーの塊だから温泉が出る。地震もある。そして津波だって起きる。そもそも地球とは、そういう星なのだ。

そんな星に我々人類は一番後からやってきて、この星の生命のエネルギーをいただきながら生活をさせてもらっている。

地球にもっともっと感謝をしなくてはと、つくづく思う。

「地球に住まわせていただき、ありがとうございます」。

100万回のありがとうを、この星に。

第三章　悠久の歴史ロマンとともに

優しさだけでは幸せに育たない

学生のとき、シェル・シルヴァスタインという作家の『おおきな木』という絵本にとても感動し、ずっと手放せないでいた。物語はとてもシンプルだった。大きなりんごの木がある。そこに小さな坊やがやってきて、いつも遊んでいた。木登りをしたり、枝にぶらさがったり…。坊やはその木が大好きで、木も坊やが大好きだった。

やがて坊やは大きくなり、木と遊ぶことはなくなった。

ある日、突然彼はやってきた。木はとても喜んだ。青年になったかつての坊やは木に言った。「お金が要るんだ」。「それならこのりんごを売りなさい」と木は言った。青年はりんごを全部もぎとって行ってしまった。木はうれしかった。

数年後、久しぶりにやってきたかつての坊やはいい大人になっていた。「結婚したい。子どもが欲しい。だから家が要る」。木は言った。「この枝を切って、それで家を建てなさい」。男は枝をすべて切って持っていった。木はうれしかった。

さらに月日が流れ、かつての坊やは中年になっていた。人生にいいことがなかったようで、「遠くへ行きたいから船がほしい」と言い出した。「幹を切って船を造ればいい」。男は幹を切り倒し、船を造って行ってしまった。「それでも木はうれしかった」と、その後に、「だけどそれはほんとかな？」と書かれていた。重く心に残る一言だった。

そして、かつての坊やは老人になって木に会いに来た。しかし、もう木はあげるものがなかった。老人は言った。「もう欲しいものはない。ただ座って休む場所があればいい」「それじゃここにお座りなさい」と、木は思いっきり背伸びをして切り株になった自分を差し出した。

あとがきに、訳者の本田錦一郎氏が「無償の愛」について書いていた。与えて、与えて、さらに与えていく。それは「犠牲」ではなく「無償の愛」なのだ、と。

その本に感動してから30年以上経った。ふと、この絵本を思い出した。きっかけは知り合いの夫婦から息子さんの話を聞いたことだ。そのご夫婦はとても仲が良く、特にご夫人はとても優しい女性で、夫が自損事故を起こしても、「疲れていたのね」と労り、夫が無駄遣いしても「仕事のストレス発散になるからいいね」と微笑む。一人息子に対してもそんな感じで、いつも笑顔で、愛情をたっぷり注いできた。

その息子も20代後半になった。息子は仕事から帰ってくると部屋にこもり、ゲームばかりしている。父親とはほとんど口をきかない。部屋から出て来ないときは母親が部屋まで食事を運ぶ。息子が育ち上がっていないのだ。なぜ？　あんなに仲のいい夫婦なのに。あんなに愛情溢れる家庭で育ったのに。それがとても不思議だった。

『おおきな木』を思い出した。学生のときは愛を受ける立場で読んでいたことに気付いた。今与える立場になって考えさせられる。優しさだけではダメなんじゃないか、と。

１９７６年に本田氏の和訳で出版されたこの絵本は日本でもベストセラーになった。そして、２０１０年、作家の村上春樹氏の新しい和訳で再版された。

「木はうれしかった。だけどそれはほんとかな？」という部分を、村上氏は「それで木はしあわせに…なんてなれませんよね」と言い切った。

確かに絵を見ても、物語の展開を辿っても、与え続けた木は幸せになっているようには見えない。なぜなら、かつての坊やが幸せになっていないからだ。

無償の愛は確かに尊い。しかし、誰かの成長を願うとき、「与え続ける行為は、もらい続ける人を育ててしまう」と、この絵本は訴えているのではないだろうか。

それで原作者のシルヴァスタインは年をとっていく男を最後まで「ボーイ（坊や）」と呼び続けているのではないか。

絵本は、その時の気持ちや立場や年齢などに応じて、いろんな受け止め方ができる。だから大人も楽しめる。

美しい日本語に魅了されましょう

ロータリークラブの交換留学生で、ラウラというイタリアの女子高生が4月から3か月間、我が家にホームステイした。

日本に10か月間滞在した中で、最後の3か月間を我が家で過ごしたのだが、既に日常会話には不自由しないほどの日本語を習得していて、非常に助かった。

彼女が日本に憧れたきっかけは、動画サイトで観たアニメ『セーラームーン』だった。日本のアニメが世界中の若者に大人気だということは知っていたが、彼女の人生にも大きな影響を与えていたのだ。

彼女と日本語についていろんな話をしているうちに、それは自分たちが学んできた国語とは全く違うことに気が付いた。

我々日本人は小学校に入る前に既に約５０００語ほどの言葉を習得しているそうだ。そこを出発点として、読み書きの技術や知識をプラスさせていくのが「国語教育」。それに対して日本語の知識が全くない外国人が学ぶのが「日本語」。だから同じ言葉でも、見え方も捉え方も全く異なる。


ラウラが最初に不思議に思った日本語は、寿司屋に貼ってあったチラシに書かれた「誠にありがとうございます」だった。

ラウラは思った。日本には「誠」という名前がある。これは「誠」という人に対して何か感謝している言葉なのだろう、と。


しかし、「誠」が一体誰なのか分からなかった。みんなが「ありがとうございます」と言うくらいだから相当偉い人ではないか。天皇陛下の本名なのか、総理大臣の名前なのか。

その謎が解けるまで少々時間を要したそうだ。

さて、外国人にとって難しい日本語は、日本人にとって美しい日本語ではないかと思う。たとえば、「お願いします」でいいところを、「なにとぞよろしくお願い申し上げます」と言う。一つのことを伝えようとするとき、単刀直入な言い方を避け、多くの修辞語を付ける。一見周りくどい言い方になるが、そこに日本語の美学がある。

あるいは、「～してください」とか「～していただけますか？」と言えばいいのに、そこを「～していただけませんでしょうか？」と、一旦否定形にして、そこから依頼形にする。そのことで柔らかい表現になるので、頼まれた人も気持ちよく受けることもできるし、断ることもできる。

言葉は生き物である。変化する社会情勢と共に新しい言葉が出てくることは避けられない。何が正しい日本語か、そんなことを目くじら立てるより、「美しい日本語」にもっと目を向けたい。

ことば研究家の高橋こうじさんが、『an・an』という女性雑誌でこんなことを言っていた。

「自分の言葉を聞くことは、自分を鏡で見ているのと同じ。きれいな言葉を使っているうちに、自分を大切に思う心が自然と芽生えてきます。そして自分は美しい言葉を話すにふさわしい、価値のある人間なのだと思えるようになります」

また、作家の吉元由美さんもこう言っていた。

「小津安二郎監督の映画をお薦めします。家族の間でも『ですます調』で会話する。そんな世界観にひととき身を置くと、観終わった頃には自分の中に美しい日本語を話すモードが生まれています」

あらためて思う。

日本語は日本人の美意識を育むのに十分過ぎる文化であるということを。

子どもたちが夢中になって観ているアニメのキャラクターにもぜひ美しい日本語を…。

日本中で「お誕生日おめでとう」を

毎年やってくる2月11日の「建国記念の日」。祝日なので、会社も官公庁も学校も休みである。子どものときから何の疑問も持たず、ほかの祝日と同じ感覚でその休日を過ごしてきた。しかし、それなりに年齢を重ねてくると、この日はほかの祝日と意味合いが違うのではないかと思えてきた。

祝日法によると、たとえば「成人の日」は「大人になったことを自覚した青年を祝い、励ます日」で、「こどもの日」は「子どもの幸福をはかると共に母に感謝する日」、「敬老の日」は「多年にわたり社会に尽くしてきた老人を敬愛し、長寿を祝う日」とされ、どれも深く考えなくても納得できる祝日だ。

ただ、「建国記念の日」は「建国をしのぶ日」と祝日法で規定されている。「しのぶ」とは「過ぎ去った遠い過去に思いを馳せる」という意味だが、学校で神話を教えていないのに、建国をどのようにしのぶのだろうか。

日本の建国の日は、日本書紀の記述を根拠に、紀元前660年の旧暦1月1日に初代天皇である神武天皇即位の日を記念して定められている。日本が国家としてスタートを切った日である。

戦前は、その日を「紀元節」といい、国民の祭日だった。敗戦後、GHQから、「日本書紀は神話に過ぎず、歴史書として科学的な信ぴょう性に欠ける」などと横やりが入って、紀元節は廃止された。以来、国の起原が曖昧になった。

アメリカ合衆国の起原ははっきりしている。1776年7月4日の独立記念日である。フランスもそうだ。フランス革命の発端となったバスチーユ監獄襲撃事件の1789年7月14日を建国の日としている。いずれの国も毎年その日は街中がお祝いムードである。

中国は4000年の歴史と思っていたが、よくよく調べてみると建国記念日は毛沢東が天安門広場で建国宣言をした1949年10月1日で、まだ建国して70年くらいの新興国である。そんな若い国ですら7日間の大型連休にして建国を祝っている。

とにもかくにも国ができた日というのは、国民にとって一番重要な日である。ただ、「この国に生まれてよかった」と感謝する日や、建国に思いを馳せる日が1年に1日だけでもいいからあってもよさそうなのに、そうなっていないのが、今の日本の現実ではないだろうか。

たとえば、日本中の学校で、教師はこの日の前日、子どもたちに「明日は建国記念の日でお休みです」と言った後、どういう言葉でこの祝日の意味を説明するのだろうか。言葉を選びながら説明するのか、それとも一切触れないでごまかすのか。

確かに昔過ぎてよく分からないところがある。なにせ世界最古の国なのだ。神武天皇が即位した紀元前660年の、新暦でいうとだいたい2月11日頃らしいということで、この日が「建国記念の日」になった。

紀元前660年というと、文字すらなかった時代である。古事記・日本書紀に書かれるまで1000年以上も口頭伝承だった。曖昧なのは仕方がない。

戦後、一旦廃止された建国記念日を復活させようという動きがあった。そのとき、この曖昧さが問題になった。「神武天皇は本当に存在したのか？」「なぜ2月11日なのか？」と、当時の野党が反対して、なかなか国の「出生届け」は受理されなかった。

やっとこの法案が国会を通過したのは、戦後21年経った1966年だった。「建国されたという事象そのものを記念してもいいだろう」と野党が妥協した。妥協案は「建国記念」と「日」の間に「の」を入れることだった。

「産みの苦しみ」はどこの世界にもあるものだ。

なにはともあれ2月11日は日本の誕生日である。しかも世界最高齢を毎年更新中だ。マスコミも小売業界も14日のバレンタインデーで盛り上がる2月だが、本当は11日のほうが大事なのだ。

この日は、日本中でバースデーケーキを食べ、子どもたちにプレゼントを配る。そんな祝日にすると面白くなるのだが…。

日本の未来を変える読書再生計画

今、宮崎県は密かにある計画を進めている。それを知ったとき、「本気ですか？　知事！」と息を飲んだ。まだ多くの県民は知らない。もしその計画が成功したら、この県はとんでもないことになるだろう。

しかも、その計画は教育委員会が担当している。つまり、ターゲットは大人だけでなく、若い世代にも向けられているということだ。

そんなことなど何も知らない子どもたちは、今夏休みの真っただ中にあってスマホを握りしめ、「ポケモンＧＯ」で無邪気に遊んでいる。その計画は、「ポケモンＧＯ」をはじめ、あらゆる種類のゲームソフトに触れて至福の時間を過ごしている子どもたちを「アナログの世界」に引き戻そうとする大胆な計画なのである。

その計画とは、「宮崎県を日本一の読書県にしよう」というものである。

「宮崎県総合計画～未来みやざき創造プラン」を読むと、「生涯にわたる読書習慣を身に付ける教育を推進するなど、県民が読書に親しむ環境の整備を通じて『日本一の読書県』に向けた取り組みを推進します」と明記されていた。

つまり、学校や家庭だけではなく、地域や職場、商店街やショッピングモール、レストラン、銀行、病院、空港や駅など、あらゆるところで「日本一の読書県だ」と誰もが実感する読書環境をつくり、さらには、一人ひとりが地域の図書館や書店に親しみ、「本」に人生の活路を見出す県民を育てようという、恐るべき計画である。

この計画がうまくいったあかつきにはどうなるか。良書によって培われた精神性が社会全体の質を引き上げていくことは間違いない。

喜多川泰著『書斎の鍵』は、そのことを見事に予見した本である。

小説の舞台は2055年、今から40年後の世界である。主人公の浩平は40代の会社員。医者で読書家の父親に反抗して本をまったく読まずに大人になった。

その父親が亡くなり、葬儀が終わった後、浩平は父親の書斎に行ってみた。それは実家の近くにある一軒家の中にあった。

書斎には鍵が掛かっていて中に入れなかったが、何気なく座ったソファで浩平は『書斎のすすめ』という本を見つけた。この本が、その後の彼の人生を大きく左右するという物語だ。


浩平はその本を持って、新幹線に乗り込んだ。すると隣の席の老人が「今時、紙の本とは珍しいね」と話し掛けてきた。40年後の世界では本はほとんどデジタル化されているのだ。

老人は続けた。「その本は私の人生を救った本です」と言って、40年前の話を始めた。出版社で働いていたこと。当時、本はデジタル化が進み、紙の本の売り上げが激減してどの出版社も存続の危機に瀕していたこと。また、ネット上の記事やブログに対し、匿名で誹謗中傷するのがまかり通り、人々はそれを楽しんでいたことなど。

そんなとき、『書斎のすすめ』という本が出て、紙の本が急に売れ始め、出版社は息を吹き返したそうだ。

紙の本を読むのがカッコいいと言われるようになり、本好きでなければモテないとばかりに電車やカフェで本を読む若者が増えた。大学生の60％が本をまったく読まないといわれていた時代だっただけに、それは「ブックルネサンス（読書再生）」という社会現象になった。

老人は言う。「ブックルネサンスが起こって日本人の精神性が変わりました。あの運動が起こっていなければ今頃この国はどうなっていたでしょうか」

その本は「書斎を作ろう」と呼びかけていた。それを読んだ人たちは、自分に影響を与えた紙の本に囲まれる空間を家の中に作り始めた、という話だった。

今後ますます我々の生活はコンピュータに囲まれたものになっていくだろう。そんな時代に読書をしないでいいはずがない。

食べ物が我々の身体をつくるように、本は我々の精神をつくる。もう「趣味は読書です」なんて言ってる場合ではない。

そもそも勉強は面白くて楽しいもの

小学校のPTA会長をしていたとき、入学式の会長祝辞で、毎年新入生にこんな質問をしていた。「これからは勉強が始まります。勉強って楽しいと思いますか？　楽しいと思う人？」。ほぼ全員が「はーい」と元気よく手を挙げる。毎年そうだった。

そして、ついでに新入生の後ろに座った6年生にも聞いてみる。「君たちは5年間、勉強してきたわけだけど、勉強が楽しかった人？」。手を挙げるのはいつも2、3人だった。子どもたちはいつ、学ぶことから「楽しさ」を見失ってしまうのだろう。

PTA会長になる数年前、長女が小学校に上がった。入学式から2、3日経った頃、帰宅した娘が玄関のドアを開けて大きな声でこう叫んだ。「宿題が出たぁ！」と。

それまで娘はテレビの『ちびまる子ちゃん』や『サザエさん』を観て、「小学生になったら宿題というものがある」と漠然と知ってはいたが、それがどんなものなのか想像もつかなかった。だから、先生が「宿題です」と言ってプリントを配ったとき、「あっ、これだ！」と思ったそうだ。そして、ワクワクしながら帰宅したのだった。その日の夜、母親と一緒に人生初の宿題を楽しそうにやっていた。

人間の脳には、感情脳といわれる大脳辺縁系《へんえんけい》の奥のほうに「扁桃体《へんとうたい》」という、「快」「不快」を一瞬で判断する部位があり、その横に記憶を司る「海馬《かいば》」がある。扁桃体が感じた「快」「不快」の情報はすぐさま「海馬」に記憶されるという。

たとえば、小学校低学年のときに「勉強は楽しい」という感情を経験すると、扁桃体は「勉強＝快」という情報を海馬に伝え、海馬はそれを記憶する。逆に、親から怒られながら宿題をしたり、授業の内容が理解できないまま、じっといすに座っているだけだと、その不快な情報が扁桃体から海馬に伝わり、やがて「勉強嫌いの脳」になっていく。

さて、最近読んだ『日本一の学習プログラム「天神」式家庭教育メソッド』には、子どもが喜々として勉強したくなる仕組み作りが書かれていた。

著者は、㈱タオ（本社・滋賀県）の社長・井内良三さんだ。彼の会社がe-Learning（イーラーニング）、すなわちパソコンのネット回線を使って自宅で学習できるサービスを提供していることは知っていたが、それがこれほど面白いものだとは知らなかった。

「そもそも勉強は楽しいものです。それは新しいことを知りたい、できないことができるようになりたいという成長本能、学習本能があるからです」と井内さん。

喜々として勉強したくなる仕組みの一つは自分の理解度に合わせて学習内容を進められることだ。すなわち「子どもを主役にする」。二つ目は「子どもに達成感を与える」。たとえば問題に正解すると元気ハツラツなお姉さんが褒めてくれて得点が増える。その小さな達成感を重ねていく。

二十数年前、井内さんが自宅の一室で会社を立ち上げたとき、掲げた目標は「日本一実効のある学習システムを開発し、子どもの自己実現を支援する」だった。「実効のある」

とは、①喜々として勉強するシステムであること②学力が伸び、志望校進学に貢献できること③小さな達成感を積み重ねて自信を身に付け、社会に出て活躍できる人材になること。

また、「日本一」と掲げるからには実証がなければならない。そこで挑戦したのが文科省、経産省、厚労省、総務省の四つの省が後援する「日本 e-Learning アワード」という、業界で最も権威あるコンテストだった。「大賞がほしい。それがだめならせめて文部科学大臣賞を…」と、最終選考会で井内さんは祈った。

名立たる大手企業や有名大学の研究室が開発したシステムを退け、２０１３年度の栄えある大賞に選ばれたのは、井内さんが開発した「天神」マルチメディア学習システムだった。事実上日本一になった。

何が言いたいのかというと、誰でもいい、どんな方法でもいい、無限の可能性を持つ子どもたちに「学ぶことは楽しい」「勉強は面白い」と伝えることができたら、とてつもなくすごい未来が見えてくるはずだ。

すべて家庭科に繋がっている

香取貴信さんは8年間、ディズニーランドでアルバイトし、そこで学んだことを著書『社会人として大切なことはみんなディズニーランドで教わった』に綴った。伝えたかったのは「働くとは?」「本当のサービスとは?」ということだ。現在はそれを伝えるコンサルタントとして活躍中だ。

「人生で大切なことは…」は、シリーズ本のように、いろんな人がそれぞれの「現場」で学んだことを書き記している。『人生で大切なことはすべてマラソンで学んだ!』とか、『人生で大切なことは海の上で学んだ』など。ほかにも「映画」「絵本」「マクドナルド」「落語」等々、人生を学ぶテキストはどこにでもあるようだ。

意外な視点から問題提起しているのは『人生で大切なことはすべて家庭科で学べる』である。著者の末松孝治さん（42）は、福島県内で唯一の男性の家庭科の高校教師だ。おそらく全国的にも男性の家庭科教師は珍しいのではないか。

末松さんが高校3年のとき、それまで女子だけの必履修科目だった家庭科が男女共修になった。ちょうど進路を考える時期だった。「家庭科の男性教師がいたら面白いんじゃないか」、そんな好奇心で彼は家政学部のある大学に進んだ。

教師になった最初の頃は、しどろもどろの授業をしていた。扱う内容は家庭生活、保育、衣・食・住、消費生活など、日常に密着したものなのだが、経験が乏しく、教科書をなぞるだけの授業だった。

ある日、卒業生のA子から電話があった。「仕事のノルマでどうしてもあと1人、事務所に連れてこなければならない」と言う。「先生に来てほしい」と懇願され、「教え子のたっての頼みとあれば」と、末松さんはその事務所に行った。

「社長」という肩書きの、美しい女性が出てきた。世間話の後、「商品の説明だけ聞いてほしい」と言われ、快諾した。そこから社長は堰を切ったように商品説明を始めた。それが終わると、今度はお客を紹介すればするほど儲かるシステムであることを話した。

契約する気はないことを告げたが、帰してもらえる雰囲気ではなかった。根比べになった。「B子ちゃんもC子ちゃんもこの前契約していただきました」と、A子と親しかったかつての教え子の名前が出てきた。最終的に根比べに勝ち、解放された。3時間が過ぎていた。

末松さんは思った。「あんな雰囲気の中で迫られたら、20代そこそこの子ならきっと契約してしまうだろうなぁ」と。後日、B子に話を聞いたら、「断り切れずに泣く泣く月々1万5000円のローンを組まされた」と嘆いていた。

もちろん、そういうシステムや商売が悪いわけではない。自分に必要ないのに断り切れず、意に反して契約してしまった教え子の話を聞いて、末松さんは申し訳ない気持ちになった。「消費者教育は家庭科の分野だ。自分がちゃんと教えていれば…」

これを機に末松さんの授業は「人生を学ぶ授業」に変わった。授業の柱は二つ。

一つは「教科書を教える」のではなく「教科書で教える」。教科書「を」教える授業だと誰が教えても同じ内容になるが、教科書「で」教えることを意識することで、ひと工夫加わった授業になった。

もう一つは、「自分の経験を教科書の内容とリンクさせて伝える」。経験値の少ない高校生に教科書の内容をそのまま伝えても彼らはイメージできない。そこで自分が経験した結婚生活のことやお金のトラブルなどを具体的に伝えた。

東日本大震災の被災者でもある末松さんは、震災直後にカップ麺が1個1000円に値上がりしたのを見て「お金の価値」について考え、壊れた家屋を見て災害保険の役割を再認識した。原発事故は環境やエネルギー問題だ。「すべて家庭科に繋がっている。家庭科で人生が学べる」と思った。

かつて約140時間あった高校の家庭科が、文科省の方針で今約半分に減らされている。進学や就職に有利な授業が増えたからだ。そんな中、末松さんは「家庭科は今後の日本の教育に本当に大切な教科です」と訴えている。

祝日に悠久の歴史ロマンを感じて

もうすぐ「シルバーウィーク」がやってくる。春の大型連休を「ゴールデンウィーク」というのに対して、秋の大型連休をそう呼ぶようになったそうだ。

これは、昭和60年に祝日法の改正により祝日と祝日に挟まれた日を「国民の休日」にしたことと、平成10年にハッピーマンデー制度ができて、9月15日だった敬老の日が9月の第3月曜日に移行したことで突如、国民の前に現れた。

といっても毎年のことではない。秋分の日が水曜日の年だけ、第3月曜日の敬老の日と挟まれた火曜日が「国民の休日」となるので、そこで初めて大型連休が生まれる。この偶然は2009年にも訪れていた。今回は二度目で、次は2026年にやってくるそうだ。

最近、興味深い話を聞いた。法律の改正に次ぐ改正で、「祝日」の本来の意味が分からなくなっているのではないか、と。

たとえば体育の日は、１９６４年の東京オリンピックの開会式が行われた10月10日を記念して定められた祝日だ。これがハッピーマンデー制度によって10月の第2月曜日になったことで、その記念すべき10月10日の意義を噛みしめることがなくなった。

体育の日は祝日法で、「スポーツにしたしみ、健康な心身をつちかう」という趣旨の、ただの休日になった。

実は、現行の15ある祝日のうち、戦後、純粋に国民の祝日として定められたのは「敬老の日」と「体育の日」だけで、その他の祝日はすべて日本の伝統的なお祝い事やお祭り事だった。

そもそも戦前は「祝祭日」といって、「祝日」と「祭日」がはっきり分かれていた。読んで字のごとく、「祝日」はお祝いをする日で、「祭日」はお祭りをする日だった。

それが戦後、ＧＨＱ（連合国総司令部）の横やりが入って、「祭日は宗教的で、皇室や神話と関係がある」として廃止されたり、当たり障りのない口実を付けて「祝日」に替えさせられた。

たとえば「元日」は、祝日法では「年のはじめを祝う日」だが、元々は歳神様（としがみさま）をお迎えする、1年で一番大事な日とされ、皇居では歳旦祭《さいたんさい》という年始を祝う祭《さい》祀《し》が行われている。だから「祭日」だった。

11月23日は「新嘗祭《にいなめさい》」といって、豊かに実った最初の穀物を天皇が神に感謝してお供えし、自らも食する日なので「祭日」だった。それが戦後、「勤労感謝の日」という名称に変わったことで、日本人の主食に対する感謝の気持ちがまったくなくなった。

シルバーウィーク最終日の「秋分の日」もそうだ。なぜ昼と夜の長さが同じというだけの理由で、官公庁も、企業も、学校も、休みになるのだろうか。実は、「春分の日」も「秋分の日」も戦前は、それぞれ春季皇霊祭、秋季皇霊祭と呼ばれる「祭日」だった。

日本書紀によると、681年、天武天皇が最初に先祖の霊を祀《まつ》ったらしい。それ以降、天皇が先祖を祀る慣習が生まれた。しかも、その日は一年の中で昼の長さと夜の長さがほぼ同じ日が選ばれた。

昔、昼は「人間が活動する時間」、夜は「神々の時間」といわれていた。昼と夜の長さが同じ日は、人間と神々との思いが通じ合う日と信じられていた。また仏教でも、太陽が真東から真西に沈む日は「この世」と「あの世」が最も近い日なので、ご先祖と交信できる最も適した日とされていた。だから、いつからか国民も宮中行事にならって先祖の墓参りをする日になった。これは、他の仏教国にはない慣習なので、日本独自の文化といっていいだろう。

国の個性は祝日に現れる。その国が何を大切にしているかは、その国の祝日を見れば分かる。アメリカは独立記念日、中国は建国記念日が、最も重要な祝日とされ、その日を国民全体で祝っている。

誕生日や結婚記念日など、個人が思いを寄せて祝う日があるように、国においてはそれが祝日だ。その日に思いを馳せると悠久の歴史ロマンが広がる。

祝日は、祝日の意義を噛みしめる日にしよう。

授かりものではなく預かりもの

長野県上田市で小学6年生のカンタと出会った。実におもしろい子だった。大人と話をすることに全く尻込みしない。

普通、大人と子どもの会話というと、大人から一方的に質問することが多い。

「いま何歳？」「12歳です」

「学校は楽しい？」「はい」

こんな感じ。そもそも子どもは知らない大人と言葉を交わすことに慣れていない。でも、カンタは言う。「水谷さんは何をしているときが一番楽しいですか？」と聞いてきた。

（すごいなぁ、この子）と思った。

カンタは誰にでも話しかけることができるという。なぜそんな子になったのか。

両親の比田井和孝さんと美恵さんの共著『私が一番受けたいココロの授業【子育て編】』（ごま書房新社）を読んで、それが分かった。親が意識的にそのように育てたのだ。たとえば、乳幼児の頃からカンタを近所の人が集まるところに連れていき、いろんな人に面倒を見てもらった。

もう少し大きくなると一人旅をさせた。最初は5歳のときだった。近くの駅に連れていき、「何かあったらこれを駅員さんに見せてここに電話してもらうんだぞ」と、和孝さんは自分の携帯番号を書いたメモを渡し、電車に乗せた。降りるのは二つ先の駅だ。その駅に先回りしてカンタを待った。胸がドキドキした。

カンタが改札を出てきたときは胸をなでおろした。「おまえ、すごいなぁ」と褒めると、「ドキドキして心臓が口から出るかと思った」とカンタ。二駅といっても5歳の子には大冒険だった。

9歳のときはおにぎりを持って往復7時間の旅に出た。途中で乗り換えもあった。帰りの乗り換え駅で切符がないことに気付いた。人生最大のピンチ。しかし、自分で何とかするしかない。「逮捕されるかもしれない」と覚悟して、駅員さんに「切符をなくしました」と正直に話した。駅員さんは「次から気を付けるんだよ」と言って通してくれた。

和孝さんは言う。「子どもって何度も失敗を重ねるうちに成長していくんです」

小学3年生のとき、校庭の木の実を取ろうとして下から石を投げていたら、その石が友だちの頭に当たった。学校で起きたことなので、担任はその子の家に謝罪の連絡を入れた。母親の美恵さんはそのことを連絡ノートで知った。すぐカンタを連れて先方の家に謝りに行った。子どもが何かやらかしたら親が頭を下げて謝る。その「姿」を息子に見せなければならないと思った。

そのとき、「あんなことをしたからお母さんが謝らなきゃいけないでしょ!」と子どもを叱ってはいけない。親が言うべき言葉は「大切なことを学んだね」だけでいい。

美恵さんが謝りに行ったとき、先方の親が言ったのは「この傷、どうしてくれるんですか?」ではなく、「お互いさまですよ。うちの子だっていつ同じことをするか分からないですから」だった。その言葉がありがたくて涙が出た。

その話を聞いた和孝さん、「もし逆の立場で相手の親が謝りに来たら、私も『お互いさまです』と言おう」と心に決めた。

カンタが生まれたのは結婚してから7年後、もう子どもを諦めていた頃だった。妊娠が分かってから、2人は「世の中には理不尽なことがたくさんある。ならば家庭でも理不尽なルールをたくさん作ろう」と決めた。たとえば、おもちゃは絶対買わないとか、テレビが観れるのは土日に1時間だけにしよう、とか。

子どもは天からの「授かりもの」ではなく、「預かりもの」であるという。「預かった子どもは社会にお返しする。そのとき、たくさんの人のお役に立てる人間に育て上げることが親の役割であり、たくさんの人から『君が必要だ』と言われることが子どもにとって一番幸せなことです」と和孝さん。

この家庭の教育方針は、2人が校長・副校長を務める上田情報ビジネス専門学校の教育方針にもなっている。

幸せな子どもを育てる。家庭と学校と社会は、この一点で繋がってほしい。

言葉は人間の魂そのものである

2020年度から小学校高学年で英語が正式教科になる。そのことに小学校教員の半数近くが反対していると、先週毎日新聞が1面トップで報じていた。

ところがよく読んでみると、調査した対象者はわずか100人で、そのうち反対は45人、賛成は29人だった。1面トップを飾るにはあまりにも調査規模が小さ過ぎる気がした。

反対の理由は「他の授業時間は減らないので教員の負担が増す」「小学校教員の多くは発音などのスキル（技術）がない」など。

今、小学校高学年では「外国語活動」といって、テスト評価がなく楽しみながら外国語を学ぶ時間があるそうだ。それを引き合いに出して、「正式教科になると楽しむ英語から勉強のための英語になる」という反対意見もあった。

計画を進めているのは文科省だ。この程度の反対意見など想定内のことだろう。何か新しいことを始めようとするときには、必ず反対意見は出るものである。その時大事なのは、反対理由がそれを推進する人たちの信念を凌駕するほどの崇高さがあるか、ということではないだろうか。

そういう意味で、文筆家の執行草舟《しぎょうそうしゅう》氏が著書『根源へ』の中で述べている考え方に度肝を抜かれた。

「人間はまず母国語によって思考の軸を創り上げる。だから外国語教育は『自分』を創り上げてから始めるべきである」

「日本人は日本語で思考する。日本語は他の言語と言語構造が大きく異なる。だから子どもの頃に違う構造を持った言語を押し付けられると脳の思考軸が定まらず、母国語である日本語で深く考えることが困難になる」

執行氏は「言葉は人間の魂そのもの。国語は民族の魂である。外国語は国語力あっての話である」と言う。

だから、「今小学校から英語教育が始まっているが、あんなことをしたら日本人はますます軽薄になる。口先が達者なだけのキャビンボーイのような人間では国家枢要の役には立たない」と手厳しい。

「キャビンボーイ」とは、船上で使用人として仕事をする青年のこと。世界中を航海しているので外国語はできるが、自分の考えがなく、ただ与えられた仕事をするだけの若者を総称している。とにかく「コミュニケーション言語」としての英語を学ぶ前に、「思考言語」としての母国語にどっぷり浸ることが重要なのだ。

「どっぷり浸る」とは、子どもを理屈抜きに日本語の「大海原」に放り込むことだ。そこは野蛮な世界だから、子どもは溺れるかもしれない。溺れたら「大海原」が嫌いになるだろう。その「大海原」を泳ぐ技術と泳ぐことの楽しさを教えるのが国語教育なのである。

その「大海原」とは古典文学。執行氏の場合、それは「万葉集」なのだそうだ。「古代から引きずっている唯一の『生き物』が言葉である。古典にどっぷりと理屈抜きに浸ることが、野性を取り戻し、言葉を取り戻す道だ」と執行氏。

古典は、「難しい」「意味が分からない」ということで敬遠されがちだが、「日本語である限り必ず分かる日が来る」と言う。
そのためには神社に行く。お墓参りをする。中秋に月を見上げる。祖母が口ずさんでいた歌を歌う。和歌や短歌をたしなむなど、昔の人と同じ体験をすることで、私たちは時代を超え、祖先と魂を交わすことができる。そして古典に浸ることで昔の日本人の哀愁をも味わうことができる。

執行氏は言う。「現代の言葉に対する姿勢では、言葉は単なるコミュニケーションの道具でしか理解されない。これでは思考が深まらず、若者はますます軽薄になっていく」と。
我々が中学・高校の時、国語教育というと、文章を読み取る力など受験対策としての国語力を養うものだった。今思うと、もっと日本語の美しさや言葉の持つ力などを教えてほしかった。

英語教育についてとやかく言うつもりはないが、「国語教育とは母国語教育である」、この視点は大切にしたい。

「答え」より「考えること」が面白い

子どもが最初に出会う「社会」はお店屋さんかもしれない。

物心がつかない頃から親に連れられていく。欲しいものがそこにある。親にねだったら買ってもらえたり、どんなにねだっても買ってもらえなかったり。一瞬の天国と地獄を経験するところである。

小学校3年生といえば、ちょっと前までそういう経験をしているだろう。そんな彼らに千葉経済短期大学の佐久間勝彦教授が「店とは何だろう?」と問い掛けた。

小学校の社会科の教科書が「店」という概念をあいまいにしていること、「サービス」という商品についてもきちんと説明がなされていないことに着目した佐久間先生は、自分でも明快な答えを出せない「店って何だろう?」という疑問を、子どもたちと一緒に考えてみようと思ったのである。

授業の風景が先生の著書『社会科授業の世界を楽しむなぞとき・ゆさぶり5つの授業』で見て取れる。先生が用意したのは、「八百屋」「床屋」「コインランドリー」「自動販売機」「行商」の写真。それらを見せて「この中で『店』といえるのはどれでしょう?」と問い掛けた。

子どもたちに「行商」は馴染みがなかったようで、先生は「このおばあさんは野菜などを背負って家々をまわり、『要りませんか?』と売っています」と説明した。「店だと思う」と全員の意見が一致したのは「八百屋」だった。理由は「品物を売っているから」「家の中で売っているから」「売っている人がいるから」だった。

「床屋」は、32人中21人が「店だと思う」に挙手。「店とはいえない」は0。11人は「店のような気もするけど、店でないような気もする」という「?」に挙手をした。「店」であることの理由は「八百屋と同じ『○○屋』という字があるから」「お金を払っているから」「家の中で商売をしているから」。

「？」に挙手をした子たちの理由は「商品を売っていない」というところが引っかかった。

その後、「商品を売ってないけどお金を払っている」「客のために何かをしてあげている」などの意見が飛び交い、最終的には「クリーニング屋」「お風呂屋」などの例も出てきて、子どもたち全員が「店だと思う」に傾いた。「サービスという形のない商品がある」ということに子どもたちの目が開かれた瞬間だった。

残りの三つは難航した。「コインランドリーは店ではないと思う」に28人が挙手。理由は「売り手がいないから」「機械がやっているから」「店だと思う」の理由は「家の中でやっているから」「お金を取っているから」だった。

そういう視点で見ると、「自動販売機は店だと思う」は1人に減り、「店ではないと思う」が31人に増えた。理由に「屋外にあるから」が加わった。「家の中で商売するのが店」と思い込んでいるようだ。だから「行商」となると「店だと思う」は0になった。「店ではないと思う」理由に「動いているから」が加わった。

先生は疑問を投げ掛けた。「農家の人が作った野菜を道端に並べて売っている無人店というのがある。この店には売る人がいないよ」

「自販機は屋外にあるというけど、露店だって屋外にあるよ」

「行商の人は動いているというけど、売るときは止まっているんだよ」。みんな笑った。


この授業に「答え」はない。佐久間先生だって分からない。

ただ先生は、原始時代は自給自足だったこと、やがて物々交換が行われるようになり、平安時代になって品物を並べて売る店の原型が生まれ、江戸時代には風呂屋や髪結いなど商品のないものにもお金を払うようになったことを説明した。


子どもたちは時代と共に売買する「物」や「やり方」が変わってきたことに気付いた。

「答え」を探したのではなく、「考えること」を楽しんでいたようだった。


クリック一つですぐ「答え」が出てくるネット検索の世界とは違う、面白味のある教育を垣間見た。

もっと朝日を、もっとセロトニンを

現代人はとかく不健康だといわれている。心も身体も、そのバランスが壊れると「気」の流れが乱れ、次第に病に陥る。これがすべての「病気」の始まりである。愛光流氣光整体師の山本清次さんがそんな話をしていた。

身体のことでいうと、健康診断の結果が芳しくないとき、保健指導を勧められ、受けてみると大概「運動不足」と「食生活」を指摘される。この二つが、それぞれバランスを欠くと目に見えて数値が悪くなる。

心の健康はどうだろうか。最近は、「目に見えない精神的なものと見えるものがつながっている」なんてことが、スピリチュアルな世界の話ではなく、医学の世界でも証明されている。たとえば、体内の神経伝達物質の一つ「セロトニン」が、心の安定や幸福感など、人間の精神面に大きな影響を与えているという。

セロトニンが不足すると、疲れやすい、ぼーっとする、やる気が起きない、集中できない、些細なことにイライラしたり、キレやすくなったり、落ち込みやすくなる。

それがさらに進むと、うつ病や不眠症などの精神疾患に陥ることにもなるそうだ。

セロトニン不足の原因は第一に運動不足、そして昼夜逆転などの不規則な生活にあるらしい。この程度の知識ならインターネットで配信され、テレビのバラエティ番組でもやっている。大事なことはその先にある。今の長寿社会を支えている元気な高齢者の健康の源は、おそらく子ども時代の生活にあったのではないかということである。

日本がまだ貧しかった時代、食べ物は乏しかったが、そのおかげで食べ過ぎて不健康になる子どもはいなかった。そもそも食べ物というのは「少ない」よりは「あり過ぎる」ほうが問題である。知り合いの僧侶も話していた。「昔の坊主は食べられなかったことが苦しかったが、今の坊主は出されたものを食べなければならないことが苦しい」と。

そして、昔は運動不足ということがなかった。子どもは日の出と共に起きて親の手伝いをしていた。どこに行くにも歩かなければならなかった。朝日を浴びるとセロトニンが分泌される。子どもの心身の健康の基本は、早起きして外に出て朝日を浴びる。これに尽きる。

普段、学校があるときは早起きし、歩いて登校する。この習慣が健康な心身をつくっていたが、夏休みになるとそれが崩れる。

そこで昔の大人は夏休みでも早起きして体を動かす方法を考えた。それが朝のラジオ体操だ。しかも嬉々として早起きできるようカードにスタンプを押し、それがたまると景品がもらえるようにした。先人の知恵である。しかしこれが今、崩れ始めている。

東京都の小学校の先生からこんな話を聞いた。夏休みに入る前、職員会議で校長から「この夏のラジオ体操は先生方に担当してほしい」と言われたという。ラジオ体操といえば、今までは子ども会の領域だったが、それが学校の領域に入ってきた。

つまり、こういうことだ。今や母親もフルタイムで仕事を持ち、特に都市部では通勤時間が1時間を越えるのは普通。そのため7時過ぎには家を出る。普通の日でも朝は忙しいのに、そこにきてラジオ体操の当番などやる余裕はない。

一方、先生たちは、普段の日よりは比較的朝は余裕があるはずである。既に近隣の小学校では数年前から夏休みのラジオ体操は先生がシフトを組んでやっているという。

というわけで、子ども会の役員が校長に直訴してきた。校長はそれを受け入れた。

実は、問題はもっと奥にあった。随分前からラジオ体操は夏休み最初の1週間と最後の1週間だけ。そんな地域が全国的に広がっている。「ラジオ体操をやった」という既成事実をつくっているだけなのだ。


ラジオ体操の本質は、普段と変わりなく朝日の中で体を動かすことだ。子どもに朝日を浴びさせるのである。

昔の人はセロトニンのことは知らなかったが、子どもの心身の健康が朝つくられることは、知っていたようである。

悠久の歴史の流れの中にいる自分を感じよう

「風が吹けば桶屋が儲かる」という、江戸時代のことわざがある。ある事象が、一見すると全く関係がないと思われることに次々と影響を及ぼしていくことのたとえ話である。近年は「起こりえない因果関係を無理矢理つなげてこじつけた話」という意味で使われたりする。

風が吹くと埃が立つ。昔の道は舗装などされていないから、突風が吹く春先になると道行く人の多くが埃で目を患うことも少なくなかったに違いない。目を強くこすって網膜を傷つける。眼科医など皆無だった時代。その傷が化膿して目が見えなくなる人も多かったのではないか。

目が見えなくなると、当時は三味線弾きを職業にする人が多かったので、そういう人がこぞって転職し、三味線を買い求める。三味線は猫皮を使う。三味線の需要が増えると職人さんは野良猫をたくさんつかまえなければならない。次第に江戸の町から猫が減っていく。結果、食物連鎖の構造が崩れ、ネズミが増える。

ネズミは猫がいないことをいいことに壁や柱をかじる。中でもちょっと湿り気のある桶が柔らかくてかじりやすい。かくして江戸の町ではネズミにかじられた桶が増え、庶民は新しい桶を買い求め、桶屋が儲かるというわけである。

確かに、起こりえない因果関係を無理矢理つなげている感は拭えない。しかし、「ある事象が、一見すると全く関係のないことに影響を及ぼしてつながっていく」ことは有り得ない話だろうか。

武庫川女子大学の丸山健夫教授は、「風が吹けば桶屋が儲かる」確率を実際に計算している。風が吹いて埃が目に「入る」と「入らない」確率をそれぞれ2分の1と考える。埃が入って「目を患う」「患わない」確率も、目を患った人が三味線弾きに「なる」「ならない」確率も同様に考える。

丸山教授は、それぞれの2分の1を7回掛けて「風が吹けば桶屋が儲かる」確率を128

分の1、約0・8%とたたき出した。
この数字は決して馬鹿にできない。「風が吹く」という原因と「桶屋が儲かる」という結果の間に数百年という長い歳月が流れているとしたら、起こり得る。

たとえば、300年前、1人の男が道を歩いていた。急に風が吹いて目に埃が入り、立ち往生した。そば屋の娘が店の中から見ていて、「あら、大変」と店から出てきて濡れた手ぬぐいを差し出した。男はそれで目を拭き、お礼を言った。これがご縁で2人はいい仲になり、1年後、祝言を挙げる。やがて子どもが生まれ、その子にまた子どもが生まれ、孫の代になった。
孫の1人が商売で成功したものの、お代官に賄賂を渡したことが発覚し、島流しの刑に処せられた。島に流された男は、島の女と結ばれる。やがて子どもが生まれ、漁師になった。

ある日、漁に出ていたら嵐に遭い、船は難破する。通りかかった外国の漁船に助けられ、なんとアメリカに連れていかれる。彼は英語を学び、金髪の女性と結婚し、3人の子どもに恵まれる。そのうちの1人が通訳としてペリー総督の船に乗り込み、幕末の日本にやってくる。男は日本を気に入り、数年後に再び来日し、やがて日本の女と結婚する。

　さらに孫の代になった。不幸なことに孫のうち、男の子は皆戦争に取られ亡くなるが、女の子は戦中、戦後を生き抜いた。嫁いだ先が商売をしている家で、嫁は祖父から学んだ英語を生かして外国との貿易を始める。

　商売は高度経済成長の波に乗って成功するが、子どもに恵まれず養子をもらった。

　その子は養父母の会社の跡を継ぎ、日本文化を外国に紹介するという商売を始める。中でも日本式のお風呂が欧米でブームになる。それに伴って「桶」が爆発的に売れていく。

　今、目の前に起きている現実は一つの例外もなく「結果」である。遠い昔のあの日、もし風が吹かなかったら今自分はここにいないかもしれない。我々が知っている先祖はせいぜい三代くらい前までだろう。それぐらいでは今の自分は分からない。30代遡ると、一人のいのちの先祖の数は、単純計算して総数21億人を超える。

　悠久の歴史に思いを馳せてみると、自分は歴史の流れの只中にいることが分かる。

　遥か彼方の昔からこのいのちまでつないでくれたすべての先祖に感謝しようではないか。

人生もドラマも粋な言葉に出合おう

『トットてれび』は、黒柳徹子さんの半生を描いたNHKの土曜ドラマである。テレビ放送が始まった1953年から黒柳さんはテレビに関わっていたらしい。

何がすごいかって、主役の満島ひかりさんの演技力である。しゃべり方、立ち居振る舞い、顔の表情や仕草まで、どこを取っても「黒柳徹子」そのもの。鳥肌が立つほどだった。

ドラマの中に放送作家・向田邦子さんが登場する。昭和のホームドラマになくてはならない俳優の森繁久彌さんは、いつも向田さんが書き上げてきた台本を読んで言葉使いのうまさに感心していた。向田さんは職業柄、言葉に敏感な人だった。1本のドラマを手掛けると、その中で何万という言葉を書く。上品な言葉も下品な言葉もある。喜怒哀楽を表す言葉も、それぞれのシーンに相応しいものを探し出す。

ある年の夏、向田さんは東京・下町の夏祭りに出掛けたことがあった。都電の中で、浴衣を着た7、8歳くらいの女の子が目に留まった。その子が電車のつり革を掴もうとしてなかなか掴めず、何度もジャンプしていたので、とても目立っていた。そのとき、女の子がつぶやいた言葉を向田さんは聞き逃さなかった。こう言った。「あぁ、じれったい！」

昭和30年代から50年代にかけて向田さんは５００本以上のテレビドラマを書いた。「でも、自分は今まで『じれったい』という言葉を使ったことがない」と思った。
「実に色気のある言葉で、この言葉が似合うのは芸者さんとか二号さんだ。なぜこんな子どもがこの言葉を知っているのか。いつか私もドラマの中で使ってみよう」と電車の中で思いを巡らす向田さんであった。（講演ＣＤ『言葉が怖い』より）

もう一つ、この言葉も向田さんは聞き逃さなかった。古今亭志ん朝師匠の落語『火《か》焔《えん》太《だい》鼓《こ》』の中にそれは出てくる。道具屋の甚兵衛はお人好しで商売はまるでダメ。いつもガラクタばかり仕入れてきて、口うるさい女房にけなされ、「あんたのせいで私はロクなもん食べてない」なんて嫌味を言われている。

その日も市で仕入れてきた古汚い太鼓を見て、女房から小言を言われた。

ある日、その太鼓がお殿様の目に留まった。甚兵衛はお城に呼び出される。女房からは「きっとお咎めがあるよ。手討ちにされるんじゃないのかい」と脅された。

甚兵衛は恐る恐るお殿様に太鼓を差し出した。ところが意外や意外、お殿様がえらくお気に召して、三百両の値がついた。お殿様の話によると、「これは火焔太鼓といい、国宝級の品」というからびっくり。


城から帰る道すがら、甚兵衛は鼻高々だった。今まで散々バカにされてきた仕返しに何をしようかと考えた。

「帰ったらあの女房のヤローに腹いっぱい食わせて、動けなくなったところで…」

この後、何と言ったか。向田さんはその言葉に心底感動した。こう言ったのだ。

「動けなくなったところで、くすぐっちゃお」

「なんと温かみのある言葉だろう。お見事だ。『火焔太鼓』は江戸時代から続いたはず。一体誰が考えたんだろう。私にはとても出てこない言葉だ」（同講演ＣＤより）

「最近、テレビが面白くなくなった」といわれる。チャンネルは増えたが、面白味はどうだろう。みんなテレビよりパソコンやスマホの画面を見ているではないか。しかも暇つぶしに見ているようにも思える。

あの時代、確かに日本人はテレビに魅了されていた。向田さんが書いたホームドラマは次々にお茶の間に流れた。何が面白かったかって、役者の語るセリフが観る人の「腑に落ちていく」のである。夫や妻、親や子どもに言いたいけどうまく言葉にできない思いを、向田さんは見事に言葉にしていた。だから家族で観て、観終わった後はみんな心がすっきりしていた。あの頃、テレビのあるお茶の間は家族の笑顔で華やいだ。

昭和56年8月、向田さんは飛行機事故で突然この世を去った。『トットてれび』の中で事故を知った森繁さんがつぶやいた。

「花ひらき　はな香る 花こぼれ なほ薫る」

ドラマの面白さはセリフにある。ハッとする言葉を聞き逃さないで！

終章

絶対に動かない支点を持とう！

２０１５年4月23日、熊本地震の余震が続く隣県・熊本や被災された人たちのことが気になりながらも、「みやざき中央新聞25周年ありがとう講演会」を開催した。キャンセルが相次ぐ中、５１４人が集まった。

たくさんの人からお祝いの言葉を掛けてもらったが、実はこのイベントは、25周年を祝ってもらうというより、25年間も続けさせてもらったことを読者の皆さまに感謝するためのものだった。この場を借りて皆さまに改めて御礼を申し上げたい。

それにしても、よくぞこんな小さな新聞と皆さまが出合ったものだと思う。なぜ出会ったのだろうか。知り合いからの紹介？　いや、それは一つのきっかけだ。本当は皆さまが「探していたから」ではないだろうか。

「そんな意識はなかった」と言う人もいるかもしれないが、少なくとも潜在意識は探していたのだ、日々の生活の中に溢れているテレビや新聞の情報とは違う情報を。

「出会い」とは、「探していたものが見つかった」ということを表層的に表現した言葉に過ぎないのだ。それは、あの日、あのとき、切羽詰まった状況の中でハローワークに出掛け、「宮崎中央新聞記者募集」と書かれた求人票と出会ったのと同じである。

海のものとも山のものとも分からず、とりあえず面白そうだったので面接に行ったのだが、自分の潜在意識は「探していたものがやっと見つかった！」という感覚だったのではないかと思う。

そのハローワークでの出会いが後に、自分の人生にとって欠かせない、大きな存在になっていくなど、当時は想像だにしていなかった。少なくともその1年後に経営者からこの新聞を譲り受けるとは思ってもみなかった。

しかし、実際に当時の経営者がその話をしてきたとき、潜在意識はきっとこうつぶやいたに違いない。「待ってました。ようこそ私の人生に」

潜在意識という概念は、この10年くらいで随分世の中に広まった。それは「もう1人の自分」ともいわれている。たとえば、「恋人がほしい」と思っていても、潜在意識が「恋愛なんて面倒くさい」「自分の時間がなくなる」などと思っていると不思議と出会いが訪れない。

「ダイエットしよう」と決意しているのに、潜在意識から「今日は特別な日だから食べてもいいよ」とささやかれると、つい食べ過ぎてしまう。

人生の悩みのほとんどは、自分の頭で考えている顕在意識と、「もう1人の自分」が考えている潜在意識が一致しないことから生まれる。どちらも「本当の自分」だからこそ悩むのだ。

人生、物事がうまくいっているときは、この「2人の自分の意識」が一致しているときなのだそうだ。

以前、潜在意識の専門家から、その「2人の自分の意識」を一致させるコツを聞いた。それは「支点を持つこと」だという。

「支点」とは、テコの原理の要になるところである。テコを使うと大きな物でも小さな力で持ち上げることができる。それは固定された支点が絶対動かないからである。

そういう「絶対に動かない信念」、すなわち、それが「人生の支点」になる。

たとえば、「会社のトイレ掃除は自分がする」と決意した経営者がいたら、それがその人の支点になるし、「職場に誰よりも早く出社して掃除をする」という人にとっては、それが支点になる。将来自分の夢を実現させるためにコツコツ努力してお金を貯めている人がいたら、それがその人にとっての支点だ。

「これをやりたい」「こうありたい」の後に続く、「でもお金がない」「でももう年だから」といった否定的な言葉は言わない。これが動かない支点をつくるコツだ。

25年を振り返ってみると、どんな状況下にあっても「心に響く言葉を届けたい」という支点があった。

支点を持とう。それは必ずあなたの人生を持ち上げる。

おわりに　～ついに教科書に載った、みやざき中央新聞〝魂〟の社説

ごま書房新社から出た4冊目の著書『いま伝えたい！子どもの心を揺るがす〝すごい〟人たち』のサブタイトルは「教科書に載せたい新聞の社説」でした。

以前、小・中学校のＰＴＡ会長をやっていたので、校長先生をはじめ先生方と交流したり、教育現場の話を聞く機会がたくさんありました。

それからこの本の母体となっている「みやざき中央新聞」の購読を申し込んでくる人たちの中で学校の先生がとても多いこともあり、そんなサブタイトルにしたのです。

皆さんは子どもの頃、勉強が好きでしたか？「好きだった」という人はよほど勉強ができた人なのでしょうね。僕の場合、記憶を遡っても、勉強が好きとか嫌いとかではなく、学校の授業がおもしろいと思ったことはなかったですね。

それはもちろん誰のせいでもないのですが、今本を読んだり、人の話を聴いたりする中で、勉強っておもしろいなぁとつくづく思います。

それで社説の中で、子どもたちに向けた話や、教育に関する話を書くことも多々あるわけですが、そのうち、この話が授業で使われたらいいなぁと思うようになっていきました。

そうしたらなんと、教科書出版会社の大手である東京書籍さんから「平成31年度の中学3年の道徳の教科書に載せたい」という連絡がありました。

それは2冊目に出した『日本一心を揺るがす新聞の社説2』の最後の章、「社会からの無言の称賛を感じる感性」というタイトルの社説です。

これは哲学者・内田樹氏が著書『下流志向』の中で書いていた「労働の本質は雪かきにある」という言葉がネタになっています。

雪国では雪が積もると早朝から除雪車が雪を払ってくれますが、除雪車が入れないところは誰かが雪かきをしなければなりません。そして、不思議と人々が出勤するとき、雪かきは終わっています。

その道をみんな当たり前のように歩いているのです。人々は誰が雪かきをしたのか分からないから感謝の気持ちが言葉になることはありません。

大事なことは、雪かきをしている人は「やってあげている」という気持ちでやってはいないし、感謝されなくてもいいと思っています。

みんなが安全にその道を歩いているのを見て満足しているのです。それが「社会からの無言の賞賛を感じる感性」です。

これは雪かきだけの話ではなく、地域社会の安全を支えている民生委員の人たちた、地元消防団、夜回りをしている人たちもそうなのです。

もっと言うと学校の先生もそうです。教育の成果は10年後、20年後、子供たちが立派な社会人になって出てくるものです。しかし多くの子はお世話になった先生たちにお礼を言いにくることはないでしょう。それでもいいのです。

この話が教科書になり、授業の題材になります。今からちょっとワクワクしています。

今回もごま書房新社の池田雅行社長、担当編集者の大熊賢太郎さんに大変お世話になりました。この場をお借りして御礼申し上げます。

またいつも全国を飛び回っている私を支えてくれている松田くるみ社長をはじめ、社員のみんなにも感謝します。それから毎週木曜日のFMアップル『中村信仁でナイト』という番組で僕の社説を朗読しているパーソナリティの中村信仁さんに感謝申し上げます。

水谷もりひと

2018年11月

参考文献（順不同）

○書籍・雑誌・小冊子

『書斎の鍵』喜多川泰／著（現代書林）

『学びつづける教師に』佐久間勝彦／著（一茎書房）

『社会科なぞとき・ゆさぶり5つの授業』佐久間勝彦／著（学事出版）

『人生で大切なことはすべて家庭科で学べる』末松幸治／著（文芸社）

『私が一番受けたいココロの授業【子育て編】』
比田井和孝・比田井美恵／著（ごま書房新社）

『清らかに輝くための“やまとしぐさ”31日のレッスン帖』
辻中 公／著（ごま書房新社）

『日本一の学習プログラム「天神」式家庭教育メソッド』
井内良三／著（ごま書房新社）

『運命としての学校』林竹二／著（筑摩書房）

『おおきな木』
シェル・シルヴァスタイン著・本田錦一郎／翻訳（篠崎書林）

『おおきな木』
シェル・シルヴァスタイン著・村上春樹／翻訳（あすなろ書房）

『サレンダー』マイケル・シンガー／著（風雲舎）

『医療はとってもいい話』澤田勝寛／著（薬事日報社）

『ここに学校があった～第二編』宮崎県教職員互助会刊

『一流の日本人をめざして』松岡浩／著（小冊子）

『丸山敏雄伝』丸山敏秋／著、倫理研究所／監修（倫理研究所）

『落語力』立川談慶／著（ロングセラーズ）

『人生は、いま、夕焼け。』
細見茂子著・小田豊二／著（ハートピア細見クリニック）

『根源へ』執行草舟／著（講談社）

『どこかで誰かが見ていてくれる』福本清三・小田豊二／著（集英社）
『日本人はとても素敵だった』楊素秋／著（星雲社）
『無言館への旅』窪島誠一郎／著（白水社）
『無言館物語』窪島誠一郎／著（講談社）
『男の粋な生き方』石原慎太郎／著（幻冬舎文庫）
『鋼のメンタル』百田尚樹／著（新潮新書）
『どうらく息子』尾瀬あきら／著（小学館）
『教誨師』堀川惠子／著（講談社文庫）
『天使の声』米良美一／著（大和書房）
『愛するという言葉』竹西寛子／著（新潮社）

○映画・演劇・動画

『風に立つライオン』（主演・大沢たかお）
『太秦ライムライト』（主演・福本清三）
『未来のカケラ』（主演・須賀健太）
『歸國』（演出・倉本聰）
『日本の祝日論』（竹田恒泰チャンネル）
『日本建国の秘密』（竹田恒泰チャンネル）

○CD

山崎豊子『大地の子と私』（文藝春秋）
中谷明宏『メンタル力』
向田邦子『言葉が恐い』（新潮社）

著者略歴

水谷　もりひと（水谷　謹人）

みやざき中央新聞編集長。

1959年生まれ。明治学院大学卒。学生時代に東京都内の大学生と『国際文化新聞』を創刊、初代編集長となる。平成元年にUターンし、宮崎中央新聞社に入社。平成4年に経営者から譲り受け、『みやざき中央新聞』編集長となる。20年以上、同紙の社説を書き続け、現在も魂の編集長として、心を揺さぶる社説を発信中。男の家事・育児の推進、DV防止の啓発活動などで2004年宮崎県男女共同参画推進功労賞受賞。宮崎市男女共同参画審議会委員、宮崎家庭裁判所参与、宮崎学園短期大学非常勤講師などを歴任。俳優・声優プロダクション「サラみやざき」に所属しTVCMにも出演。著書にシリーズ12万部のベストセラー『日本一心を揺るがす新聞の社説1集・2集・3集・DVD付ベストセレクション』をはじめ、『いま伝えたい！子どもの心を揺るがす"すごい人"たち』『仕事に"磨き"をかける教科書！』（全てごま書房新社）ほか、累計8冊の著書執筆。

●講演・執筆依頼
　みやざき中央新聞　http://miya-chu.jp/
※「フェイスブック」「ブログ」もホームページより更新中！

日本一
心を揺るがす新聞の社説4

著　者	水谷 もりひと
発行者	池田 雅行
発行所	株式会社 ごま書房新社 〒101-0031 東京都千代田区東神田1-5-5 マルキビル7F TEL 03-3865-8641（代） FAX 03-3865-8643
印刷・製本	精文堂印刷株式会社

ISBN978-4-341-08718-0 C0030

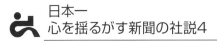

ごま書房新社の本

~魂の編集長が選んだ「教科書に載せたい」新聞の社説~

いま伝えたい！ 子どもの心を揺るがす"すごい"人たち

みやざき中央新聞「魂の編集長」 水谷もりひと

『日本一心を揺るがす新聞の社説』シリーズの新境地！"魂の編集長"が選んだ"いい話"40編。
子どもの目を輝かせるためには、教育者や親たちがまず興味を持ち、感動してください。

話題の本

【序　章】~誰もが「夢しかなかった」少年少女時代~
【第１章】すごい大人たちを知ってほしい~魂の編集長が行く！~
必要な勇気は最初の一歩だけ／忘れず、語り継ぎ、足を運ぼう…ほか
【第２章】親や教育者が子に伝えてほしいすごい考え方~「情報は心の架け橋」by魂の編集長~
入学式の祝辞、新入生起立、礼。／大好きだよって言ってますか…ほか
【第３章】すごくいい話は世代を超えてじんとくる~魂の編集長の心が震えた！~
震災はずっと今も続いている／お世話になったと感じる心を…ほか
【終　章】~ライスワークからライフワークの時代へ~

本体1300円＋税　四六判　220頁　ISBN978-4-341-08609-1　C0036

~役職についても成長し続けるための40の秘訣~

仕事に"磨き"をかける教科書！

みやざき中央新聞「魂の編集長」 水谷もりひと

初のビジネス書

前 リッツ・カールトン日本支社長 高野 登氏 も絶賛！
『仕事も人生も、「何をするか」ではなく、「どう在るか」で決まるんですね。』

1章「成長」は常識の枠を外すことから生まれる
2章「発想」を変えると思考が10歳若返る
3章「商売繁盛」も時代と共に変わっている
4章「価値観」を変えると新しい自分が生まれる
5章「学び」の質は年齢と共に変えていく
6章「目標」を追い求めると、自分の天命に気付く

本体1300円＋税　四六判　232頁　ISBN978-4-341-08696-1　C0030